书生徒劳天下计，

刀笔惭愧鹿马言。

谨以此书，祭奠远方故乡的一抔寂寞黄土，以及我所经历过的那些岁月，并祝安好。

路向远方

杞囿　著

暨南大學出版社
JINAN UNIVERSITY PRESS

中国・广州

图书在版编目（CIP）数据

路向远方/杞囿著. —广州：暨南大学出版社，2016.10
ISBN 978－7－5668－1924－6

Ⅰ. ①路…　Ⅱ. ①杞…　Ⅲ. ①散文集—中国—当代　Ⅳ. ①I267

中国版本图书馆 CIP 数据核字（2016）第 205537 号

路向远方
LU XIANG YUANFANG
著　者：杞　囿

出 版 人：徐义雄
责任编辑：胡艳晴
责任校对：邓丽藤
责任印制：汤慧君　周一丹

出版发行：暨南大学出版社（510630）
电　　话：总编室（8620）85221601
营销部（8620）85225284　85228291　85228292（邮购）
传　　真：（8620）85221583（办公室）　85223774（营销部）
网　　址：http://www.jnupress.com　http://press.jnu.edu.cn
排　　版：广州良弓广告有限公司
印　　刷：佛山市浩文彩色印刷有限公司
开　　本：850mm×1168mm　1/32
印　　张：6.25
字　　数：145 千
版　　次：2016 年 10 月第 1 版
印　　次：2016 年 10 月第 1 次
定　　价：26.00 元

只为曾经是书生（代序）

不得不承认，这确实是一本我不够满意的书，虽然我为此作了足够多的努力。我如此急迫地想出版这本书，是因为我的惶恐不安。大学毕业快九年了，身边的朋友们一个个读研、考证、晋升职称、成家立业等，而我却什么都没有，不是没有想过，却全无收获。我的现状和原本预料的有着很大的差距，虽然我对预料的具体所指也并不十分明白。我清楚地知道自己的人生已经走到了一个瓶颈处，我希望自己内心可以再强大些，再平静些，再从容些。

“莫忘曾经是书生”，这是一个多月前在赵聆溪的微信里看到的，我截了屏，照片还一直在手机里。其中引了复旦大学古籍所陈正宏教授写给毕业生的一副对联：“史亦尝考，文亦尝校，答辩近了，亦曾几遍改论稿；家总要成，钱总要挣，奔走红尘，莫忘曾经是书生。”我觉得我至今仍是书生，虽然也许已经沾染了尘俗气而面目更加可憎了。

书生总是有呆气、迂腐气的，但不限于此。那么什么才是书生们最本质的东西呢？在我看来，“执着”二字即是。坚持自己认定的东西，一条道走到黑，奔着一句话、一个信条、一个人、一件事，不管不顾，死不回头，非要走出去不可，直到一天走不动了，就死在路上，即所谓“九死未悔”。

因为是书生，我更向往诗和远方。工作之余，出去走走看看，看山，看水，看古迹，看文物，也看世态人情，吃饭穿衣，感悟美好与不美好，悄悄触动，慢慢思索。同时也会读一些书，看一些电影等，观之于眼，动之于心，不免要书而成文的。即便有敝帚自珍，甚至文人重己轻人的毛病，我还是知道自己文字的好坏，比如描写欠生动，文字又多晦涩忧郁，酸涩与自以为是充盈满篇，如此等等。但自认还是一个尚自律的书写者，还是有一些悲天悯人的情怀，一些细致入微的感触，以及对美好与幸福的颂扬，对不幸与艰难的关怀等，而这些是值得一些有心人去读一读，看一看的。当然看这些，读者一定学不到什么东西，但是至少内心可以稍柔软些，观察可以稍细微些，多一些感动，多一些内心的充实与平和。世界从来都不会因为我们的讴歌而变得更美好，也不会因为我们的咒骂而变得更丑陋，它依然在那里，不好不坏，不增不减，不远不近。但是我们有了一颗纯净的心灵，有了一份内心的充实和美好，就可以看到一个美好的世界和自己，并作出我们的努力，让它们都变得更加美好。曾经有位先贤讲过一个故事，有一老尼姑不肯去杀害吸自己血的蚊子，而只是等它吸足后一口气轻轻吹走。她当然知道蚊子不是益虫，但还是不杀生，只是为了不让自己生残忍之心，也因此而成就了她的德行和修为。这些就是我要让你们读到，也希望你们可以读到的，仅此而已。

写东西的人总是有一个死结，就是有一些话是最可以打动读者的，却是最不该说出，最该放在内心深处的。于是写出来还是不写出来，到底该是失了文章的格还是做人的格，永远在纠结中。如同戏曲人“戏比天大”的信条，文章亦足够大，知我罪我，其唯春秋？

对这本书的出版，我也曾想过该请名气大些或者职位高些的人作个序，但最后还是觉得自己写才好。余世存先生的《非常道》里说，阳翰笙曾请茅盾为他的小说《地泉》写序，茅盾直言其书不好而推辞，却引来“批评也是好事”的回应，无奈只好动笔，直言这是一部不成功的小说，或者说失败的小说。谁料阳公竟将其原文出版，引得茅公赞叹其雅量。我亦有效颦之心，却难有此际遇，尤是书生气了。

对于此书，我原本所谋甚大，可是到最后却所成甚小，无他，能力撑不起愿望而已，虽然愿望亦甚无足道处。

是为序。

2016年3月20日

CONTENTS 目录

第二辑　心向远方

第三辑　怀　念

第四辑　絮语杂感

第一辑 那么大的世界

我看山看水看佛塔
脚步未歇
只为在途中相遇
那时岁月无恙
年华正好

在拉萨

2013 年国庆假期我去了趟拉萨，十月三日到，六日离开，现在终于回到家了。2013 年里发生了一些事，正如作家阎真说的，没有许多人知道，对世界也不重要，只是自己是忘不了的。该写点东西了，借着这点由头，整理下思绪，安慰下内心，重整行装，继续前行吧。

六七月的时候，同学吴迪在电话中提起“十一”去西藏，我说也想去，到时候看时间能允许不。九月份前后，他又提起，我盘算“十一”期间的一些事，估计可以有几天时间，便决定去，之后搜资料、查车次、订票等。他提前两天到了我所在的西宁，是从杭州过来的，因为忙碌，我有时候陪他转转，有时候让他自己转，怕他不适应高原的气候引发不适而影响后续的行程，也没有陪他去青海湖和塔尔寺，只是在市区里转了下。现在回过头来感觉有点遗憾，应该去的，毕竟杭州不近，他难得来一回。

十月一日下午七点多，我俩坐上西宁到拉萨的火车，正式开始了这次旅程。火车上的乘务员卫生打扫得挺勤，过不了多长时间就扫一遍、拖一遍，车厢自然很干净。路过青南、藏北、可可西里等地，皆空空旷旷，几乎都是一片荒凉，草已经黄了，若不是时不时有些似野驴或藏羚羊的动物出现，给人的感觉便是全无生机了。辽阔的草原，连绵的山，有雪的和没有雪的，辽远而静谧。火车上天南海北的人都有，年轻的居多，大多是去旅游的，一起谈天说地，讨论每一个景点的特色，每一处景色的神奇，以及行程设计中的每个细节。大家都很期待接下来的旅程，充满好奇和忐忑。

二日傍晚火车终于到达。得知玉树的仁泽早已到拉萨了，就给他打了个电话。他和拉萨的朋友们一起过来，盛情接待了我们。外来者对于一个地方的初步感觉和印象其实就在一念之间，是仁泽他们，让拉萨给了我们一个美好热情的印象，而我们也感受到了拉萨的热情与美好。虽然吴迪在第二天感到了些许不适，但这丝毫没有影响拉萨给我的美好印象，在他似乎也是。

拉萨之旅从三日正式开始，前一晚在太阳岛上的青年旅社里一夜酣睡之后，我先去拿布达拉宫的预约票。早上下过雨，路面上还有积水，空气很清新。我八点四十多排上队，一个小时后就拿到预约票，很是欣喜，因为许多人说五六点去还要排好长时间，并且不一定能拿上。

回去后，吴迪已打过点滴，状态好多了，我俩便依次去了大昭寺、八角街、药王山、博物馆、罗布林卡、布达拉宫、拉鲁湿地保护区等地方。拉萨有一个好处，就是楼不高，所以在市区的许多地方都可以看见布达拉宫，高大的宫殿，暗红和雪白的颜色，神秘而亲切，似乎能给人以慰藉，让人感受神圣，荡涤内心的尘垢。八角街琳琅满目的东西似乎处处都有禅机，可以让有心人顿悟。罗布林卡里多是一丛丛茂密的竹子，让我觉得这就是“青青翠竹无非般若，郁郁黄花皆是菩提”中“青青翠竹”的具体所在。博物馆则是系统全面地呈现了西藏的发展历史。拉鲁湿地那么大，从城市边缘延伸到山脚下，长长的一片，沿着山的走势延展开去。茂密的芦苇，星星点点的鸟在其中或飞或停。

罗布林卡的青青翠竹

实在地说，拉萨著名景点的建筑物，都与宗教有着千丝万缕的关系，甚至可以说就是宗教建筑物。在不懂藏传佛教或对其知之甚少的人眼中，这些宗教建筑物其实是没有太多分别的，感受到的就是神秘、圣洁和高贵。每一座殿堂、寺庙周围有众多转经和朝拜的藏民，他们眼中坚定执着的目光，让我对他们不得不肃然起敬，而想到他们总是把自己财富中的很大一部分敬献给寺庙时，又有了一些不安与难过。宗教信仰给人以敬畏之心，让人们有了为人处世的规程和准则，却也使人们死心塌地地去供奉和朝拜，以内心的淳朴感情去贡献自己的所有。对于宗教，我向来认为，层次高些就是哲学，低些便是迷信，但是对于这些如此虔诚的人，我却只能感到震撼和敬重，以及悲悯，因为这些人原可以活得不这么辛苦。但是看到我们周围自以为了解许多知识、了然世界本源和人类进化的人们，在无所顾忌、不知廉耻地做事，肆意地践踏社会的规范以及道德与尊严时，我不禁想，也许人们的信仰中即便有点迷信也没什么不好。而对于文化与艺术，我总觉着阳春白雪和下里巴人应该有它们的分野，文化与艺术应该有它们的矜持，如布达拉宫等，原可以不对世人展示这么多，否则就不免会自取其辱。毕竟在大多数人眼中，在布达拉宫看二十座殿堂和看五座殿堂的印象是差不多的，没有太多人可以感受到其间的分别。而且大规模地开放必然会带来快速的损坏，许多的文化古迹都逃不了这个命运的。我不知道，我们是否需要为它们伤心，但是我清楚，这种后果是我们所不愿意看到的，也是不能承受的。

遥远的布达拉宫

在拉萨，我俩在药王山下的茶馆里，喝过最地道的甜茶。不大的店面，竟坐满了人，居然还不喧哗。只是一个个或安静或低声说话的穿着藏袍的人们，平静地喝茶。还吃过藏面和藏式早餐，第一次知道有一种食物叫冒菜，味道居然还很不错，来自四川的老板夫妇热情而厚道，曾诚恳地给我们做推荐。

拉萨之行就这样结束了，魂牵梦绕的林芝还是没能去，尼洋河两岸的原始森林和自然风光终是无福一睹，只好留待下次吧。只是，内心深处也在思忖，还会不会有下次，什么时候才会有下次。风光和景物其实也和人一样，遇上了，便是一生一世，错过了，便是永生永世。物是人非与人是物非的感慨每个人都会经历，即便是下次再去，不知道还有没有合适的心态和情绪。好比一场梦，做的时候可能会很痛苦，醒来了，回忆的时候，也许还会流泪。

蓝天白云下的布达拉宫

拉萨之行匆匆结束了，这是一次朝圣之行，算是圆了多年的一个梦。只是除了一些照片和所见所闻外，内心真正受到了多少触动，怕是一时也说不清楚了。但毕竟内心是平静些了，少了些自以为是，少了些刻意，少了些好胜心，多了些思考，多了些包容与悲悯，即便头破血流仍然九死未悔的坚持还在。明天活成什么样不是我的事，但是明天怎么活，就是我的事。明白了这些，也许就足够了。

带去的钱花完了，预想中的当没有上——因为我原本觉得，旅游不上几个当就不算旅游——还能怎样！火车离开时，发了条微信：一念起，万水千山；一念灭，沧海桑田。别了拉萨，各自珍重！不知道是说给谁的，那就无论是谁，都珍重吧！

（2013 年 10 月 7 日）

路过洛阳

因为一些机缘，我六月份去了趟河南，路过洛阳，小住一日，看了些风景和古迹，别有些感慨。

对于洛阳，细翻经历，发现我从未去过，竟觉着非常熟悉和亲切，大约是因为她在中国历史上留下的深刻印记吧。唐诗里“洛阳亲友如相问，一片冰心在玉壶”的诗句和京剧里花脸名段“曾记得踏坏瓦岗寨，曾记得一家大小洛阳来，我为你造下了三贤府，我为你花费许多财”的唱词，每每萦绕于我心怀。而在此创造历史的武则天和她所在的那个王朝又带给我许多种复杂的情感，让我久久回味，不能停歇。

洛阳的旅程是和初识的来自吉林的崔君一起的，第一站就选在了龙门石窟。“一日龙门游，一部魏唐史”，洛阳宣传片中的台词我早已耳熟能详了。在急迫的心境下来到了目的地，石窟依伊河两岸的龙门山和香山而建，大大小小的洞窟一个接着一个。卢舍那大佛是那么高大，用她慈悲的眼神看着世间的芸芸众生。其他的佛像也都有各自的神态气韵，或慈祥，或威武，或娴静，或肃穆。最让我印象深刻的是，石窟里的佛像们，竟然绝大多数面目不全，或者整个被毁，或者头或脸被掘走，就连卢舍那大佛，手和腿脚都已损坏严重。对于此情此景，我是愤怒的，愤怒于当初的盗掘者的贪婪和破坏者的残忍。而突然之间，我想到佛祖有舍身饲虎和割肉喂鹰的往事，此番以自己的身体做布施养活了许多不太善良的人，又何尝不是一种度？当初以修建开凿石窟养活了几百年间的许多人，后来又以这种方式救赎世人，这或许就是佛对世间众生无分别的博大关怀与慈悲吧！

俯视人间的卢舍那大佛

白马寺是铭记白马驮经以致佛教在中国开枝散叶、发扬光大的历史之所在。寺内好几幅高僧书法，恬静、秀丽、端庄，让我流连忘返。寺门口的荷花池里浓绿的荷叶田田而立，池内放生的乌龟悠闲地游动，仿佛又让我感受到了佛祖的慈悲。这么一座不太大的寺院，竟是中国佛教的祖庭，号称"释源"，不得不令人惊异，但转念一想，似乎也暗合了佛家不慕荣利的思想，算是求仁得仁吧！

洛阳以牡丹闻名，但在我到来的时候，牡丹花已经凋谢了，只能从牡丹广场和其他一些公园广场上成片的牡丹树中想象牡丹在盛开时节的国色天香与雍容华贵。而我更喜欢洛阳的梧桐。这是一种很常见的树种，在中国的北方和长江流域大片地区都有种植，再平常不过，但是洛阳的梧桐，高大，数量多，遍布于大街小巷。我总觉得它高大的树冠和宽阔的树叶，在酷暑深沉厚重，给人清凉，在阴雨中又会增添几分凄婉，实在是绝好的诗词意象。而《诗经·大雅》中的"凤凰鸣矣，于彼高岗。梧桐生矣，于彼朝阳"更让人们感受到它的高贵，让我怎能不爱它呢？

洛阳之行匆匆结束，邙山陵墓、玄奘故里和许多博物馆等景点都没能去。有好几首诗开了头却结不了尾，也许是思想和心灵上的冲击一时还不能完全消化吧，只好留待合适的时候和机缘。希望下次再来的时候我会多一些从容，多一些恬静，消解内心的浮躁，好认真地读史，认真地看景，认真地思索，然后认真地感动，认真地被温暖。我想，洛阳有足够的积淀，值得我慢慢地、用心地感触和体会，感受来自历史深处的温度，用以指引我走好脚下的路。

（2014 年 7 月）

那年的玉树

青海人尤其是玉树人大概都不会忘记2010年，因为那场突如其来的地震，生活在这个地区的人们经历了一次生与死的洗礼，真正体会到生命是多么美好，活着是多么幸福。也更加深切地发现高原的天是那么的蓝，水是那么的清，草是那么的绿，蓝天白云下河流流淌在高原上，是那么的绚丽灿烂。自从参加那年的地震灾后重建，我对玉树似乎也有了一份莫名的情愫，时时想起，每每牵挂，难以忘记。

清楚地记得，那年的四月份，西宁的天还很冷，海拔比西宁高得多的玉树，自然更冷。地震发生的4月，西宁和玉树的供暖都还没有结束。得到消息，单位开始组织人力赶赴灾区参加抢险救灾，四五个同事作为第一批匆匆出发了。接到通知，作为第二批的成员之一，我也都早早整理好行装，和同事们等着随时出发。心中最简单的想法就是尽快去现场，从废墟里救出几名同胞，为那里的人做些事，无论大小，只要能出一份力就好。在举国同悲的时候，我相信还有许多人也在这么想。但迟迟得不到出发的消息，我心中无比焦躁。

玉　树

“6 月 23 日出发去玉树，等待的消息终于收到!”我剃了个光头，戴了顶帽子，穿了一套冲锋衣和一双登山鞋，包里塞了牛仔裤、黑色衬衣、运动鞋以及饼干、巧克力等——所有一切都是以最方便、在缺少基本生存设施和条件下最易于生存和工作为目标。拿起行装坐上了西宁到玉树的飞机，那是我第一次坐飞机，第一次去玉树，忐忑而兴奋。

当时，抗震救灾阶段已经结束了，一到玉树，我们便投入了灾后重建的工作中。作为青海水利玉树灾后重建指挥部基础设施建设协调组的一名成员，我每天跟着组长跑工地，查看应急工程的建设进度，听取了解工程建设过程中的各种问题，写材料，参加会议，跑各个相关单位协调，每天忙碌个没完没了，疲累但也充实。扎西科河和巴塘河两岸、新寨玛尼石堆旁、结古镇周边，以及许多处废墟的旁边，草地绿茵茵，夹杂着各种野花，如地毯，如锦缎，一片鲜艳的颜色，散发着清新的味道，让人感受到不屈的生命力量。

四项应急防洪工程、一项水电站大坝应急除险加固工程、两项示范新村水利配套工程、四项应急水源及过渡性安置点供水工程是每天无数次被提起的内容，进展、存在的问题、解决的办法和措施总是念念不忘的话题。赛马场、巴塘河、扎西科河、禅古水电站大坝、禅古新村、甘达新村、德念沟、琼龙沟、沙松沟、热吾沟、折龙沟……许多名字一旦提起，眼前就浮现出那个地方的位置、工程建设的进度、施工人员的形象等一连串的东西，无比亲切而生动。

汛期早已到来，主汛期眼看就要逼近了，沟道防洪工程的排洪渠还不能完成，每一个下雨的晚上心总被提悬，难以熟睡。除了经常专门去看以外，每次因事路过，也都要伸长脖子细盯许久，直到沟道贯通，才感觉长长地舒了一口气。记忆非常深刻的是有一次，组长去工地了，我正在板房搭建的办公室里写材料，听见外面一阵嘈杂，出去看，原来是来了好多老乡，说是沟道防洪工程施工要占他们的地，他们不同意，便来指挥部反映情况。院子里还有些人，但都不是技术人员，或者不了解现场的情况，我只好硬着头皮上去，被他们围在中间，听他们说各自的想法，不厌其烦地解释其中的前因后果。后来他们的情绪逐渐缓和，怨气慢慢消散，正好组长也回来了，心中的一块石头才终于落地了。

重新站立起来的寺庙

匆匆之间，已经过去 48 天了，好多一起过去的同事都已轮换过一次，也到了我该轮换的时候了。前一天晚上收拾好了行装，第二天早早起来，吃过早饭，坐车出发，路上竟怅然若失，百感交集，拿出手机，写下了一首诗。匆匆间急就的文字，当然是粗糙而不完整的，回来后我又改了许多次，可是总觉得改不好，没有一个满意的结尾。

参与玉树灾后重建，我居然胖了十多斤，颇令人难堪和惭愧。或许是因为每天活动量比较大，吃得多一些，或许是因为大锅饭，一不小心就多舀半勺，吃不了时也不忍浪费所致吧。当然这些多长的肉在三年后那个初春的忙碌中又如数返还了，来之于公，亦用之于公，也算是从来处来，到去处去，各得其所吧。

那年曾在玉树县挂职副乡长的海忠兄现在已经调去省政府工作了，同事说他命好时，我常会说那时的他是那么可怜。地震当天被震下床来，然后好几天没吃没喝如同难民，以致省水利灾后重建指挥部的同事们经常喊他来吃顿饭。就是在那样的环境下，他在那挂职干了整整两年。而我还知道，原本要去那挂职的是我。后来常常会想，如果真的是我去了，地震的时候我会在哪里、能不能活着回来等。

当年曾和植公聊过、听过京剧，原本只知道他是个脸色黑红的老水利，无意中发现他竟喜欢听京剧，当然，他是独钟程腔，而我是诸家皆听。听过他如数家珍般讲程砚秋及其弟子新艳秋、王吟秋、赵荣琛、迟小秋等的点滴故事，也曾一起嫌弃过被推崇为程派名家的李老太太。当然，对于程砚秋，我最喜欢《锁麟囊》里的“春秋亭外风雨暴”，那幽咽婉转的声音，实在是惊为天人，而他却更钟爱《荒山泪》与《文姬归汉》，或许是因为这两部戏更加深沉而厚重，当然，大概也因为他的人生阅历更多、更丰富。后来，我又翻过许多关于程砚秋先生的资料，知道这是一位甚重气节，还有侠客气的京剧大家。

我还记得青海省水利水电工程局的黄强贵经理，他是禅古水电站大坝应急除险加固工程的施工项目经理。第一次见他的时候，他的脸被晒得黝黑，头发很长，穿着黑色的工装夹克，满身尘垢。我后来知道，他就是水利水电施工专业毕业的大学生，而且毕业没几年的他竟已是项目经理。我因此也知道了做水利水电工程施工是个什么样的工作。记得当时他给我们做过面片，味道极佳。

海南州的王经理有一次酒后因发泄内心积郁而出言轻狂，好像是为了拦住他去找领导告状还是其他什么原因，我竟与他有了争吵，他走后我因气愤难平还连呼放肆。后来知道了他当时所受的委屈后，我有些后悔，觉得当时不该那样，以后该找个机会为此说些什么，但是终究没有，只当没有发生过这事。他与我年龄相当，那时却已经很是老成干练了，那次失言算是个例外。

……

那年发生在那里的事，早已过去好几年了，可是那里的每一片风景都还是令我牵挂，发生在那儿的每一个场景都让我难以忘怀，留给我的那份感慨和唏嘘必将长久地存在于我的心中，难以忘记。

附：

写在从玉树回家的路上

两个月前的一声召唤
我来到了玉树
投身于灾后恢复重建中
筚路蓝缕，我从不说辛苦
栉风沐雨，我们共同承受

可是，今天
在这来到玉树的第四十八天，这个该回家的日子
离我鬓发苍苍的母亲和孤坟凄凉下的父亲越来越近的时刻
握别同事，坐在归途中的车上
我却有种不实在的感觉
总觉得有东西落了下来
反复盘点，才发现

我不是把什么东西落在了玉树
而是把心落在了玉树

这离天最近的地方
如画的美景是旅游者的天堂
却不是世世代代生活在这里的藏家儿女们的天堂
我在这看到了转经老阿妈的宁静与安详
也看到姑娘的眼神和蓝天草原一样干净明亮
更看到无数褴褛的衣裳

长达八个月的冷季
四千米以上的海拔高度
只有海平面一半的空气含氧量
疾病横行
收入拮据
人烟稀少

来到这儿，我们都喜欢拍照
美丽的景致可以衬托出我们的美丽与俊朗
当地人木讷的表情使我们的浅薄不那么明显了
他们黑紫的皮肤也使我们欣喜于自己的白皙
可是
我们去了来，来了去
却有谁看到了他们眼里的期待
有谁感受到他们大眼睛看穿你心灵的深邃

看吧，那昨日还是美丽的姑娘
白嫩的面容已渐泛黑黄
那上一刻还在纵马飞驰的汉子
矫健的身姿已变得步履蹒跚

可是，请不要忘记
黑黄或者发紫的面孔上绽露着比阳光还清澈明亮的笑容
足以融化千万年的冰雪
蹒跚的足迹里满盈着对家乡土地的眷恋
还有不用扬鞭自奋进，昂首挺立的
向格桑花盛开的草原欢畅奔去的马蹄印
朝着河流尽头的海洋

（2014 年 7 月）

梦里敦煌

清明假期前，突然有了出去走走的想法，脑海中涌现的第一个目的地就是敦煌。因为这是我多年来的一个梦想，但此前总没能成行。去年“十一”的时候特别想去，但因为兰新高铁还没有开通而作罢了。这次终于决定要去了，虽然订火车票也是一波三折，但是后来还是订上了最后的一张票，虽是无座，亦属难得。

敦煌古长城遗址

四月三日中午我就收拾好了行装，下午下班后便直接去了火车站，上了晚上八点多的火车，拥挤异常。挤就挤吧，谁让这是我自己选择的呢。凌晨四点多到柳园站，因为还没有西宁直达敦煌的火车。天气甚冷，一起下车的一个南方女孩说有朋友来接，可以捎上我，可是打电话的时候她朋友又不同意了，说是车上有其他人坐不下，我只得自己找车。在车站口等车时，碰上几个洛阳师范学院的学生，在新疆哈密实习，假期来玩的，便准备和他们一起拼车。和车主们讨价还价，最后还是没谈拢，只好决定先住下，天亮再说。于是和他们一起在火车站门口找了房住下，先休息几个小时。

莫高窟前，古杨参天

早上坐车去敦煌市，然后去莫高窟。路上，真切地看到了戈壁的样子，成片的几乎没有任何植被的和土一样颜色的地。成片的葡萄园里竖着孤独的葡萄架，葡萄藤正在陆续被挖出来。飞天造型的路灯让人感觉很是新颖，别有韵味。到了莫高窟景区，先看了宣传片，宽大的屏幕，如同真实的场景一样，随着日月变幻，头顶斗转星移，转得人脑袋有点晕，应该说拍得是很不错的。到了洞窟处，山崖前一片高大的树木，大约是白杨树吧，都是粗及合抱，甚至更粗，白色的树皮，遒劲的枝丫，还没有发芽，更显刚劲与沧桑。石窟就在崖壁上次第排开。看了八九个洞窟，摩诃萨埵王子舍生饲虎的故事早就知道了，可是看到壁画还是很有感触，维摩诘居士辩经的场面又一次地启迪着我的思维。还有其他洞窟，一个个地看，听导游详细介绍。景区的人是不少的，但是因为分配得比较合适，每个洞窟里只有一组人在参观，不算太拥挤，可以从容地看，认真地听，甚至还可以问些问题，进行些讨论。所幸的是，壁画的保护较为完备，讲解员们也有着较宽的知识面，并且对壁画有深入的认识，殊为难得。只是最早的洞窟保护者与宣扬者常书鸿、张大千、段文杰等人的名字却丝毫未被提及，实在是有些遗憾。出来的时候，在门口的一片沙地上抓了一把黑色的小石子，装在了包里。

鸣沙山

鸣沙山和月牙泉的行程是在下午完成的，一进景区，才发现毗邻城市的一道门之内，近在咫尺的竟是一座高大的沙山。我不知道沙子里面是否埋藏了污垢，但我知道沙子里面是包含尘土的，然而这一片沙山却干净纯粹，沙呈五色，随风而鸣。月牙泉则如同一弯新月，沉静地安卧于沙山之间，水与沙就这样各自安然，任凭时光轮回流转。本来是和洛阳的那几个姑娘小伙一起进去的，可是一不小心就走散了。我一个人开始爬沙山，脚踩下去，底下的沙子迅速移动，脚就陷下去了一些，被沙子吸住，难以走快。后来便脱了鞋和袜子，赤脚往上爬了，脚被沙子吸得更厉害了。爬一爬，走一走，坐一坐，看一看，沙山是那么高大，其间的人则显得那样渺小，在一片没有人走过的地方，也许是被风拂去了脚印的地方，踩了几个脚印，拍了几张照片，感觉颇有趣味。走着走着，就见月牙泉以及旁边的佛寺。有一个画家在里面办画展，画得很精致，尤其是一颗颗葡萄，都能感觉到太阳照在上面，闪着光芒。工作人员见我看得认真，就过来介绍，我便客客气气地打招呼，客客气气地答应，客客气气地听她说，然后客客气气地说了再见。月牙泉安静地停驻在那儿，蓝莹莹的泉水，紧邻着这片沙山和寺庙，更显它的清澈与空灵，似乎更增加了禅意。只是我去的时节太早，泉边的芦苇都没有长出，一片光秃秃。中午一两点的时候进去，下午将近七点的时候，才不得不一步三回头地出来，当然又抓了几把五色的沙子，装进包里的一个塑料袋。

晚上住的是鸣沙山月牙泉景区门口一个叫“天净沙”的青年旅社，因为我喜欢这个名字，当然这是我矫情的小调调，但觉得也没什么不好。本来就准备要去吃臊子面的，谁料旅社老板娘做的就是臊子面，很是欣喜，一吃，面甚劲道，还有些小菜，很是不错，我和它都是幸运的，因为我尝到了敦煌的美味，而它也是名副其实，没有辜负那个名字和名气，面是管饱为止，最后只收了 15 块钱。这几天里还吃了驴肉黄面、羊肉粉汤和酿皮，喝了杏皮水，也是不错的。那间房里就我一个人，抬头看时，窗外繁星满天，便关了灯，认真凝望，一颗颗亮点在黑魆魆的天上闪耀着，或密或疏，以星座的形式悬挂着，天极显清冷，而星则更显明亮了。

第二天是阳关、玉门关、汉长城和雅丹地质公园，拼车碰上的是三个在香港工作的年轻旅者，两女一男。阳关和玉门关是中国人尤其是中国文人对于大漠雄关记忆的著名关卡、民族记忆的重要标志，如今却只剩下几堵围在一起的土墙，其他的居然什么都没有。而长城，则是半墩夹杂了芦苇红柳的歪斜土墙，斑驳陆离。静静地面对着苍凉的大漠戈壁，任凭朔风起，沙尘落，别是一番唏嘘，或许可以吟咏慨叹几句，洒落一把清泪，却终是不成。而雅丹地质公园，则是在黑色的戈壁上，突兀着一座座雅丹体，各具特色，栩栩如生。所谓的“西海舰队”，一片如海洋般开阔的戈壁中，一行行雅丹体整齐地排列着，着实像整装待发的舰队，一艘艘舰船装备严整，在队列里接受命令，准备乘风破浪，勇往直前。欣喜的是居然能找到最合适的角度，将这片壮阔的景象尽收眼底，让人深切地体会到大自然的造化神奇与鬼斧神工。

在四月六日回程的火车上，听路遇的一位从嘉峪关回兰州的张掖姑娘安静地叙述她的工作生活和当下有些奔波的幸福，以及其中的过往去来，包括和男友的相识、相知、相恋与相爱，点点滴滴，感受着她沉浸于其中的愉悦，感觉十分美好。亦发现我虽懒于和不善于说，却还是适合做一个安静的听众的。一路上每每与出生于90年代前后的小弟小妹们同行，常常被认为小于实际年龄，原有些窃喜，后来却觉得这其实是历练和人生积淀不足的显现，如此便无可窃喜处，倒感觉这些年的时光有些荒废，于是更添不安。

此行本来是以看沙尘暴为由头的，当然这只是说说而已，可是后来觉得如果能在大漠戈壁感受一下沙尘暴，也会有别样的感觉，亦可一看。而最后没看到，竟还觉得有点遗憾了。

敦煌之行已经结束了，算是了了多年前的一个心愿吧。带回来的除了一堆门票，就是一包沙子，遗憾的是还没能仔细地看过胡杨林。此行是在清明节期间的，当年听收音机里《敦煌之恋》的时候，那个人还在，如今却已天人永隔十年了，一丘孤坟下的那捧清灰也许早已化为泥土了吧。而还没有活明白，却时时骄狂的我，还在自以为是地活着，他在那边看见了，不知道会是个什么样的神情。虽然我知道已没有他了，更无所谓看见的，可是我还是希望他能看见。

敦煌之行结束后，身在敦煌七百多公里外的我，感慨远没有那年从拉萨回来时多，亦没有那般深切。杂乱和冗繁，难以诉说，难以书写。或许是我变得更钝了吧，但总归对于此行我还是觉得值得的，说明我还是有一颗认真活着的心吧，那就可以了。

明天的太阳升起，敦煌的莫高窟和鸣沙山上的人们都会看到，西宁的人们也会看到。当阳光普照大地的时候，我们就该开始新的一天，不要虚度，不要抱怨，用慈悲和宽恕去关爱每一个出现在我们生命里的人和事物，我们一定会快乐的。

附：

鸣沙山月牙泉

敦煌的天，黄沙漫漫
我却看到了沙山上空
湛蓝晴朗里的遥远
一直到张骞西行途中的驼铃声里边

高耸入云天的沙山
开阔到超过了眼睛的所见
却情愿柔顺地呵护着
一池轻盈如月牙般的蓝

芦苇长，胡杨叶将展
日落后，一轮月光朗照
辉映着沙山上去往天涯边的西域路
何曾谋算
能否生入玉门关

莫高窟

那年那日的匆匆一瞥
看到来自天际的一道佛光
只为留它安驻
便有了这一个个洞窟

从不曾问遥远的西行路
何日是尽头
因为尽头原本就在心里
哪里去问

一刀一斧
一笔又一笔

昨夜梦里的师宗
就活在了今天的洞窟里

有你在
心就会安定
我们顶礼膜拜
心头闪耀着明亮的灯

不要着急
每一天的修炼都是今生中的唯一
菩提树开花的时候
你就是你在寻找的那个你

雄　关

你从记忆还没有开始的地方走来
创造了这个民族的记忆
城楼上一块匾
城楼下一杯浊酒
一行清泪
生离死别

旁边的垂柳
在朔风里摇曳

随着马蹄印远去
辽远的戈壁
等待着这躯皮肉何时倒下
融入戈壁

将军的须发早已染满风霜
望一眼这身后的城头
还有千里外的长安
只是不知
君王可安
黎民可安
天下可安

（2015 年 4 月 10 日）

说走就走的旅行

上个星期天去了一趟张掖，当天去，当天回。算是趟说走就走的旅行，也发现高铁竟是如此便捷，真好。

路过的莽莽原野

沿路的风景很不错，虽然洞子一个接一个，没出一个就又进了另一个，但还是没有太影响路上的风景和我的心情。门源前后的油菜花海一片嫩黄，在向着极远处延伸，若是感慨“门源归来不看花”，可能有些武断了，但是说一句“门源归来不看油菜花”却大概是差不多的。草原的色彩和质感是极丰富的，绿、紫、褐、黄、黑，以及这些色彩相互交织调和所产生的许多种颜色，或高，或矮，或直立，或倾斜，或匍匐，似在草原上任意“泼洒”着。天空自然是一碧如洗，飘着几朵散碎的白云，“流连忘返”是此时最适合表达我内心感受的词了，可惜我还得为了五斗米而摧眉折腰。其实浸染于尘世的我，还有什么眉和腰可言。

已经查过资料，知道张掖二字来自“张国臂掖，以通西域”一语，也隐约明白了它在边防和丝绸之路交流中的重要地位和作用。十点多到张掖后先去吃饭。因为查过资料，张掖的特色小吃是搓鱼，便找了一家小店，在甘泉公园附近。我不知道汉朝著名的甘泉宫和它有没有关系，大概是有点吧。所谓搓鱼，我吃的那个，全名叫炒炮搓鱼，有点像甘肃、青海比较流行的炮仗面，只是做法和味道都更家常些。上面放了几片卤猪肉，品相算不上上乘，但吃起来味道很好，似乎有久违的故乡的味道。

本准备去马蹄寺的，结果到车站一问，班车早上就已走了，只能买到去马蹄河的车票，说是离马蹄寺还有八九公里。不管它，到了再说。买的是下午一点的票，时间还早，就去了润泉湖湿地公园。公园其实并无多少值得看处，就是一个湖，以及围着湖的一些娱乐设施。但湖岸上垂柳依依，湖里芦苇层层，随风摆动，远处小亭隐约，湖边荷叶田田，荷花渐次开放，略似江南风韵，倒是别有几分意蕴，颇值得一来。

去马蹄河的车上塞满了人，我是站在过道里的，因为上车有点晚。后来被安排和几个小孩挤在了最后一排，也算是有座了。车时走时停，因为不时有人下车上车，本来就有些酷热难当，停车时便更厉害些，而那些老先生们——当然不限于老，亦有年轻的——居然都气定神闲，车停了似乎还要酝酿一下情绪才慢悠悠下车，且随你们吧，毕竟我就是来度夏的嘛，不流点汗算什么呀。

终于到了马蹄河，再坐出租车（也许是黑车），去了目的地，看了几座寺、塔、殿等，重点是石窟。三十三天石窟从外面看着实是壮观的，可惜因为人太多而没能进去。看了旁边的几座石窟，实在地讲，狗看星星满天明而已，看不出什么门道来。只是那几个窟里近一半的佛像都被盗掘了，盘腿而坐的佛像只剩下盘着的腿，感觉很是不好。还看到了一两幅壁画，下面有一方说明，说是常嘉煌先生捐资保护修复的，心中感慨不已——常嘉煌是敦煌学的奠基人常书鸿先生和号称“敦煌痴人”的画家李承仙之子，小时候我听过收音机里播送的报告文学《敦煌之恋》，颇了解关于常书鸿的一些故事，知道常先生因痴迷于敦煌莫高窟的保护和研究而致妻离子散，李承仙则是后来在莫高窟研究中相遇的。那几方壁画好像是青绿的颜色，大气而漂亮，可是旁边的壁画都没有了，不知道是因为破坏、盗掘还是保护不够，看得人有些心酸。突然发现，景区里居然有印有藏文的经幡等许多藏传佛教的东西，我不知道是原先的交流所致，还是近人的所为，因为七八百年前藏传佛教的著名高僧萨迦班智达和八思巴曾

荷叶间的润泉湖

在此地居住生活多年。

景区里树木茂盛，森林郁郁葱葱，应该是还有些景点，但是太阳真的太晒，天气真的太热了，刚好又碰上回程的班车，零零散散、走马观花地看了几处后就离开了。三十三天石窟没能进去是很遗憾的，因为好多人都说那儿是最主要的景点，很值得一看。但是没能进去就是没能进去，或许是缘分还不够，我们习惯于求全责备，其实也可以留些遗憾的，这样对于马蹄寺还有神往在。张掖的丹霞地貌，当地的不少人都说值得一去，路遇的两位贵州姑娘也为了拼车而盛情相邀，我是心动了，可是要回来上班，原本没有计划，现在也没有时间，只好作罢。

晚上是在一家牛肉面馆吃的饭，我本来是要找当地颇有名气的浆水面的，可惜没找到，便应老板的推荐，要了一份凉面，喝了当地的杏皮水。店里墙上挂着前国务院副总理吴仪的题词“美味牛肉面，百吃也不厌”，以及题词的照片。晚上七点坐车，八点四十多回西宁，一趟张掖之行便这样结束了。

（2015 年 8 月 5 日）

宁静的夏天吗

银川是个少雨的城市，我却赶上了它下大雨。

这篇文字的标题，我是准备用“宁静的夏天”的，这是一句歌词，可是毕竟时间已经到了秋天了，所以只好在这句词的后面加个“吗”字，当然也是惊异于时间的匆匆。

经过火车上的一夜，九月三号早上七点到站。银川火车站的建筑规整而精致，只是附近很空旷。准备找个地方先吃早饭的，误打误撞地却找到去西部影视城的中巴车，就坐上了。

到了后发现此地确实是个很荒凉的所在，仅有这一座影视城，周边什么也没有。进去后发现，许多处都是一些著名电影里的场景，《红高粱》里酿酒场的场景，高高的月亮门，显得极苍凉悠远，古朴味十足。《大话西游》里最后至尊宝和紫霞仙子对话的那个城头，让人自然而然地想到孙悟空横扛着金箍棒离开的背影，以及关于在追悔莫及的爱情上加个一万年期限的经典台词，引发人无限遐思。还有其他电影、电视剧里的一些场景。哪怕许多当时很鄙夷的，现在看到场景，想起那些情节，引发的思索仍然是深沉而温暖的，或许这已经超越了电影和景观的本身，而是成为记忆里的一个符号，带给我的是已经远去了的再也无法回去的曾经。期间还在里面的大屏幕上看了大阅兵的电视直播，颇有些心潮澎湃。雨一直在下，或大或小，虽然打了伞，衣服还是有些潮，鞋子则是湿了，捂潮到半干，然后又湿了，如此循环着。

喝了咱的酒……

贺兰山

接着去了贺兰山岩画景区。一路上仍然是空旷的，有些地方大块的石头在草滩里散落着。景区里先是一个博物馆，不大，陈列了世界各地的岩画遗迹的实物与图片等。看完，坐电瓶车进入景区，有人给免费照相，便照了，人家说只是要求帮着为景区做宣传。眼前的贺兰山高耸挺立，大块的石头嶙峋突兀，却又不像岩石，而似石头的形状，因为好多的断面已经是非常圆滑了，而非岩石断裂崩塌后整齐的断面断茬。岩画就分布在沟底的小路边上，许多都是动物像，以羊和鹿为最多，很形象，羊的角、鹿的身躯都很传神。还有一些老虎之类的动物，以及一些符号和人脸，更准确地说，那些大约就是猴子的脸，但是介绍说是人脸，我也不敢确定，大约是他们的说法对吧。出口处见到了前面拍的照片，一张小的是送的，还给放大了一张，过了塑，二十块钱，听后不禁呵呵，然后掏钱。上当了吗？或许不算吧，或许就是，可是出来旅游，哪能不上几个当啊，呵呵。出门了，雨又下大了。

下一站是西夏王陵。进去后先坐电瓶车去了西夏博物馆，里面依次展示了西夏建国两百多年以及前后的主要历史。接着看了艺术馆，以实景人物像的方式描述了西夏史上的几个重要历史事件。然后是碑林，扫了几眼，就乘车去看 3 号陵，可惜许多建筑物只剩下遗址和土堆了。

回到市区后，找了一家青年旅社住下，客厅闲坐时碰上一个从山西来的大三小姑娘，只身一人来。看着瘦瘦小小的样子，颇有些感慨，若我当时就有这样的想法，现在一定已经走过更多的地方了，大概会是另外一番状态了吧。

第二天晴空万里，在市区转了一天，坐公交车，从差不多最西头到了最东头，又到了西北角，最后去了宁夏博物馆，里面展出的东西很多，一个个展馆依次看下来，走得脚都有点疼了，一直到要闭馆清场时才出来。沿着马路走着，看到两个小男孩在用小树枝打绿化带里小桃树上的桃子，告诉他们不能吃，他们却说能吃，还央求我帮他们打几个，于是便打了几个，在喷灌龙头处洗了，一吃，还行，有点淡淡的甜味。

晚上去坐车，居然碰上了单位的同事，在隔壁车厢里，带家人来玩，竟还是和我同一趟车来的，颇有些惊喜，聊了一阵，然后各回车厢，一夜昏睡。第二天上午，车到西宁，此行结束了。

（2015 年 9 月 7 日）

即便只是去乐都看彩陶也没什么不好

这个国庆假期已经过去好多天了，我一直对只去了趟乐都耿耿于怀，因为原本计划的是要去新疆，或者去内蒙古看胡杨秋色的，最后却只是去了趟乐都，心里很是遗憾，浪费了七天的假期。直到某天早上等公交车的时候突然间似乎想明白了一些东西，觉得即便只是去了趟乐都也没什么不好。虽然生活除了当下的苟且，还有诗和远方，但诗和远方何尝一定要遥远的距离，脚步所及处其实都可以是。好比看日出，不能在黄山或者泰山看时，去黑马河看也会有别样的精彩。当初从拉萨回来的时候，觉得景物和人一样，很多的时候，可能碰上了就是一生一世，错过了就是永生永世，现在想来，有些既然不能碰上，错过了就错过了吧，经历了世事沧桑之后，内心开始云淡风轻，无可无不可了，开始多了些随性与率性。

不知道从什么时候开始，我便喜欢上了在路上的感觉，上大学的时候去过衡山、黄山等地，后来因为工作去过一些地方，这两年则是想多于行。2013 年国庆去了拉萨，今年去了敦煌、张掖和银川。因为手头尚不宽裕，常常只是坐火车、住青年旅舍，突然间却发现了未曾经历的新奇，十分惊喜。

瞿坛寺钟鼓楼

乐都是十月三号去的，其实也是突然兴起，因为觉得这个假期不能就这样让它过去了。坐班车到县城，再坐乡村车到柳湾，彩陶博物馆在这个叫做柳湾的小村里，造型也很像一件彩陶。馆不大，里面的售票员和检票员都在打盹，却都穿了整齐的西装，也许是制服吧，让我感觉在不打盹的时候还是蛮精神的。进入后发现整个博物馆就我一个游客，此刻的博物馆便成了我一个人的博物馆。看墓坑、独木的或薄木板做成的窄小的棺材，以及其中的具具尸骨，还看了大量的陶器，墓穴中陪葬的和专门在展厅里展出的。比起现在的陶器、瓷器来，它们的制作无疑是简单而粗陋的，色彩也甚单调，可是想到那是在四千多年前制作的，不禁有些吃惊和好奇了。所有陶器，包括彩陶、土陶、蛙纹陶和人面陶等，都给了我亲切和神秘的感觉。

之后又去了瞿坛寺，这个始建于明朝初年、号称“小故宫”的寺庙，让我想起了“逛了瞿坛寺，北京再甭去”的说法，其实这个“甭”字，在此地的口语里，常写成“包”的。我突发奇想，这个字应该是“覅”的，果不其然，查资料得知，虽然原本的读音是“biao”，但在方言里也有“bao”的读音。我顿时觉得学了一个字，感觉特好。寺庙里头是一座座殿堂、一尊尊佛像，以及壁画等，当然还有许多来自皇室的物件。碰上前面的几个参观者合请了一个小姑娘做导游，我也凑了进去，她介绍说是学旅游出身，现在在西宁工作，因为国庆节旅游旺季而被县上叫了回来帮忙。她的解说确实是不差的，只是面对一幅壁画时说到价值几何，令我甚不舒服，抽空私下告诉她不该这么说，在这种地方，文物是不宜说经济价值的。后来觉得我其实是徒劳了，虽然她当时是答应了并未反驳。毕竟旅游市场需求里有这个，乱象不息的当下尚不是提这些的时候，好在马未都等先生为此在做着努力，改观应该是可以预料的。出来后已经没有乡村班车了，幸好打上了一辆出租车，到县城居然只要 10 块钱。司机大姐颇不见外，看我手机能上网，便要我搜了几首老歌，然后悠然听歌。到了后又坐上回西宁的车，晚上八点多终于回到家了。

（2015 年 10 月 13 日）

如果不是在最好的时候相遇

许多人都说新疆最好的时候在八九月，可是我在十一月才去那里。我当然地遭遇了新疆的严寒、干枯与萧瑟，以及其他与之相关的种种不美好。去新疆是我一个想了很长时间却每难成行的愿望，即便不是在最好的时候，或者甚至是很不好的季节，去那里还是让我感受到了一个真实的新疆和那直入内心深处的触动。也让我相信，只要笃信，终会相遇。

胡　杨

十一月的乌鲁木齐确实是寒冷的，甚至比西宁还要冷。因为前几天下过雪，进城之前就是白茫茫一片，覆盖住了土地、戈壁和草原，让我不知道底下到底是什么，无从判断贫瘠或肥沃、苍凉或茂密。城市仿佛已被冻住，街上行人不太多，每个人都动作笨拙而迟缓。维吾尔族及其他少数民族高鼻深目，有着和汉族人迥然不同的面容。加上时时可见的清真寺，让我有了身处异域的感觉，新奇不已。

新疆博物馆是照例要去的，石器、骨器、玉器、陶器、瓷器、壁画、佛像、墓葬等，依次看过。行走街上，满眼的葡萄，满眼的馕，以及其他的让我感觉新奇的物什。拌面当然是好吃的，还有博物馆附近处餐馆的野蘑菇辣子鸡，里面有许多种菇类山珍，味道极美，以至于让我有了骨头塞牙缝的经历——我确定是骨头而非其他，而我当时的吃相并不难看。乌鲁木齐的馕，我吃过的是薄薄的撒满芝麻的那种，绝对是极佳的美味，干粮类的食品做到这个地步，着实是登峰造极了。小店的伙计当时正在做馕，不停地往炉膛内壁的馕上洒水，付钱时看到他粗大的手指关节和处处皴裂的皮肤。出了乌鲁木齐之后，那样美味的馕再没碰上过。

我知道轮台这个地名有着极古老的历史，《轮台罪己诏》和岑参的诗天下驰名，尤其前者在史学界更是意义深重。而此行到达，我只为胡杨林。塔里木胡杨林公园在轮台县南七八十公里处。对于胡杨，我其实很早就有了解，知道了它生而千年不死、死而千年不倒、倒而千年不朽的传说，每每向往，却总难实现。县城去往那里的班车极破旧，车上的人绝大多数是少数民族，男人多蓄短须、着袍服，车门顶上还有反恐的告示，竟让我有些暗暗紧张。车子在公路上行驶着，沿路两边泛碱甚重，好似积雪。

中石油的标牌随处可见，告知路人这里就是油田的所在。除了一段有棉田、葡萄园外，两边几无庄稼，有时有成片的红柳滩，有些地方则连灌木和草都很少，就是光秃秃的。还有一段就是沙漠，座座沙丘，高低起伏，其间粗大的树木或立或伏，如同废弃的城堡遗址。

湖边胡杨林

终于到达目的地，公园门口就有高大的胡杨树，里面更是连片的胡杨林，大多数已经掉光了叶子，只有树干和枝梢立在那里。欣喜还有一些，尤其是公园深处，有一大片胡杨树居然还保有许多的叶子，金黄的，或者稍微杂有一些绿色，在湖泊水域的岸滩上生长着。天色灰暗，云层亦厚，偶有一丝淡蓝透出。湖水的涟漪清晰可辨，随手拍出的照片就已是美不胜收。也许是与大自然千百年相往还的结果，胡杨树的枝梢都不长，树冠大概只有其他树木的五分之一至三分之一，叶片有些细如柳叶，有些则阔似白杨树叶，主干上竟也生满细梢，几无叶片，落满沙尘，如同不修须发的多年流浪者，增添了许多的沧桑之感。售票、开车的工作人员都在说此地最好的时候是十月十五号前后，此时太晚，许多树凋谢了树叶，可是，唯其晚了，才能看到另外一些即将落叶的树木，它们已经有些干了，没有此前的湿厚，却更接近于胡杨本来的面目，因为它们本就是不屈生命、在大漠苦寒之地坚韧守护的象征，绝不在乎他人的观望，就这样生，就这样长，就这样死，就这样倒，就这样朽，与人无干，与事无关，哪怕积满尘垢，哪怕损伤枝梢，甚至力竭而亡。

大约是因为忘带茶杯而喝水偏少，或者是忙于行走，我喉嗓处略感不适，时生痰积，偶有哑音。但是毕竟完成了一个愿望，即便不是在最好的时节里。行走，只有行走，脚步和灵魂的行走才是活着的意义所在。生命中有许多重要的事是值得我们去寻找的，比如胡杨林的金黄，雪花落下时的夜色，还有沙漠中夜空高挂的明月，哪怕只剩下一弯如钩。

（2015 年 11 月 9 日）

有一天，我想去流浪

有一天，我想去流浪
背着简单的行囊
穿上和土地草木同样颜色的衣裳
任由毛发疯长
遮挡住脸的颜色和偶尔飘过眼角你不曾觉察的忧郁和感伤

流浪
在无边无际的田野和荒原上
为一棵新芽的生发纵情歌唱
因候鸟掉落的几根羽毛黯然神伤
愿意去写许多诗
歌颂阳光、空气、蓝天、森林和海洋

流浪
向人们展现我不加掩饰的尖酸刻薄、骄傲纯粹与善良

对不好的人显示我歇斯底里的张狂
从采茶姑娘背影里辨别清明和谷雨的阳光
和老农同看庄稼的生长
在老牛夕阳晚归的蹄印里寻找安详

流浪
找到山脚下有一汪湖水的地方
搭间茅屋
种点青菜和高粱
沐浴过醒来时洒满身上的和煦温暖
收拾行装继续流浪

（2013 年 12 月 18 日）

从这里仰望星空

近日有幸，去了西昌卫星发射基地。这个地名，以前总是在报纸、广播和电视里听到、看到，每次都是与卫星发射联系在一起，让人觉得遥不可及。如今真真切切地看到，很是震撼，可说是受了一场深刻的教育和洗礼。

以前总觉得四川就是个很舒适的地方，川剧、火锅、茶馆伴随着人们的生活，有热烈和火辣，但更多的是雾气氤氲般的随和，每个人都过得很悠闲、安逸，不紧不慢，韵味十足。可是，建造在这个大凉山峡谷腹地秀山丽水间的基地，让人在瞬间就丰富了对四川的印象——高深、严谨、精密、一丝不苟，在一大批高科技人才、顶尖专家们持续不断的努力下，一颗颗卫星进入浩渺太空，不仅便利了我们的生活，也在不断探索未知的领域，让人无比好奇，无比痴迷，无比振奋。

西昌拥有着“小春城”“攀西聚宝盆”和“黄金地带”等富有大自然美好情调的名字，而且自古以来，人们在西昌能经常观赏到分外明亮皎洁的地球卫星——月亮，西昌也因此以“月城”

而闻名海内外。想必当初在此建设卫星发射基地，这些都是很重要的考量因素。西昌卫星发射基地始建于1970年，1982年交付使用，1984年1月发射中国第一颗通信卫星。从建设到交付使用用了12年的时间，可以看出基地建设的艰巨复杂程度，也更能显现出卫星航天事业十年磨一剑的艰辛与不易。

不得不承认，对于卫星航天这一高深科技领域，我们所知甚少，从里面的图片、模型等，也看不出什么头绪和门道来，但还是被它深深震撼了，震撼于中国航天人的矢志不移。发射卫星，将数吨重的卫星送入千万公里外太空中的预定位置，没有路、没有轨，穿越大气层，其面临的困难之多、需要的精密程度之高，无法想象。而在20世纪七八十年代，科学家们大多只能用不甚先进的计算工具进行夜以继日，长年累月的计算，乏味而枯燥，却还一丝不苟，即便在这样艰难的环境下，他们仍然将一颗颗人造卫星发射到太空，一次次与无垠的天际对话交流。

如同孔子所言："一箪食，一瓢饮，在陋巷，人不堪其忧，回也不改其乐 。贤哉回也!"不在意衣食的粗陋简单，不在乎工作的艰难复杂，更无意于经济收入的高低，他们只是痴迷于自己钟爱的事业，为了国家的科技进步和繁荣富强，倾注了全部的时间、精力和感情，孜孜以求、默默无闻，他们实在是最纯粹、最专注的人，也是最可爱的人，激发千千万万的人效仿学习。

可是若要单纯以严谨、枯燥、精密等词来概括这里，似也不十分妥帖。上天、入天、问天，这是中国人自古以来最诗意而圣洁的梦想，《诗经》《易经》等古代经典篇章都有许多关于天的内容，而中国古代最伟大的诗人屈原则以浪漫主义的笔调创作出了优美瑰丽的皇皇长诗《天问》，深深地铭刻在了国人的骨髓血脉里，启迪着后人对未知领域的探究，对美好和自由梦想的向往。至于月球，或者更合适一点应该称为月亮，则几乎寄托了中国人全部的相思与怀念之情，怀念故乡，怀念亲人，怀念爱人，甚至于无从怀念的时候，也常常愿意抬头看一看月亮，想一想月里的广寒宫和嫦娥玉兔的情景画面，以及遥远的故乡或其他地方牵挂着的人们的形象，引发起最真切的感情，眉宇间顿时柔和而圆润，脉脉情丝，融化在漆黑的夜晚中，深沉而美好。借助于探月工程，我们终于揭开了月球的神秘面纱，月球表面的月壤、环形山、空间环境等都更清晰地展现在了我们的眼前。这是千万年的梦想，一个梦想实现了，许多个梦想也会不断地实现，这里是梦想开始的地方，也是梦想幻化的地方，这是一项伟大神奇且充满诗意的事业，这些科学家们，注定都是最有梦想的诗人，虽然更多的时候，他们习惯于用数字和图表来描绘比诗歌更美好的意象。

因为西昌，我更加深刻地了解了探月工程、中国的一群航天人，以及其他与航天有关的事。这一高深的科学技术，这一个群体对未知领域和科技高峰的探索精神，一一变得亲切、生动而真实。

同济大学百年校庆前夕，仰望星空的时候，时任国务院总理的温家宝写下了这样的诗句：

我仰望星空，
它是那样辽阔而深邃；
那无穷的真理，
让我苦苦地求索追随。

我仰望星空，
它是那样庄严而圣洁；
那凛然的正义，
让我充满热爱、感到敬畏。
我仰望星空，
它是那样自由而宁静；
那博大的胸怀，
让我的心灵栖息依偎。
我仰望星空，
它是那样壮丽而光辉；
那永恒的炽热，
让我心中燃起希望的烈焰、响起春雷。

是啊，我们都喜欢仰望星空，因为那里代表着真理、正义和博大，那里承载了我们孜孜不倦的追求和梦想。从西昌仰望星空，回想着伟大而厚实的以“两弹一星”精神等为主要内容的中国航空航天精神，回味着中国人不断探寻未知领域的艰难却坚实的光辉历程，这天空下，千千万万勤劳智慧的中国人民在努力工作，默默奉献，太阳和月亮在轮番照耀着，它们的下面，是一幅美丽中国绚烂多彩的图画，生动而精彩！

（2015 年 5 月 7 日）

回乡杂记

周五的早晨，七点半，下着雨，很冷。我坐在回西宁的班车上，等待开动。手捧一杯叔叔给泡的茶，热乎乎的。我几乎不喝茶，可是洗漱完时他已泡好了。

车子开动了，车窗外是雨滴，车窗内是雾气，水滴划过，破碎朦胧。

前后共八天的回家之行结束了。在这八天里，我的大多数时间是在老家度过的。回来前一段时间，和许多儿时的朋友同学聊天时，经常会收到一句“回来了说话，一起坐坐”，我总是答应的。可是回来之后还是没有打几个电话，见几个人。不是不愿意，但就是没有。无法叙说，无从解释。

这八天里，听到过许多事，产生了许多感慨。庆幸的是，此前说病情甚重的堂叔，虽然清瘦憔悴，但精神尚好，如今的他和十一年前的我爸年龄相当，只是他虽病重，却还能让家人有些情感过渡的机会，不像我当年的遭际，那么突兀。当然，这也使得家人为他治病花了不少钱，其间的分别，太难说清。

如今家里的自来水混浊不堪，大不如前。当年的是杨家河的泉水，对着水龙头直接就可以喝，还有淡淡的清甜味。

回来的这些天里，曾去看过姥爷和奶奶两位老人。他们或默默无言，或一句话重复许多遍。八十三四岁的年纪，眼神浑浊，满脸岁月的沧桑。大舅也在住院，守候的表兄嗫嚅拘谨。

春暖梨花开

在家的这些日子里，总是在鸟鸣啁啾中醒来，拉开窗帘，抬眼望去，窗外是明亮的阳光。每天院里院外，转来转去，围绕着些花草树木忙忙碌碌，比如给老梨树嫁接了几支新枝，不知道能活否。给果树疏花时忽然心动而晒了一些梨花和樱桃花，准备做茶，不知道能不能喝。还给一段老榆木挖了个坑孔，准备为一块石头做个底座，因此找来了锯、凿、钻、斧、锤等工具，手上也免不了留下点点伤痕。

午后，偶尔安静地坐在院子里，梨花刚刚开放，樱桃花却早已进入盛花期，一阵清风吹过，洁白的花瓣纷纷落下，如雪似雨。坐在树荫下，有时候会看看书，有时候就是定定地坐着，回忆以前生活于此的点滴旧事，思绪飘飞。

樱桃开花了

老家的晚上，这几天总是一弯新月，从一弯小钩慢慢变丰满浑厚。八九点的时候，星星就布满了天空，找到一个类似北斗七星的星座，其他的再也找不见了。其实当年上地理课的时候就没找见过，要是能找上当时的教科书，一定还会找到更多的。本来就有些凉的晚上，因星星和月亮的存在，更增加了清冷气。

车到刘家峡了，窗外就是水库，时时被山包阻挡，峡谷里的水库，有时辽阔，有时局促，水面平静，库水微蓝。雨已经停了，天却仍然阴沉得很。喝了几口捧在手里的茶水，甚是苦涩，如同岁月。

昨晚几个朋友吃了顿饭，看着他们现在的安定和平和，聊聊当年的过往，或者唏嘘下眼前的人情世故以及世道人心，忽然觉得这大概就是我们所追求的生活，也挺好的。

回家以后，老友发来微信：多保重，再见可能是多年以后了。不禁又是唏嘘，回道：彼此珍重，过好当下吧。

（2016 年 4 月 15 日）

第二辑

心向远方

以字符、图景和声音的形象映入眼底

此身安坐斗室

灵魂飞驰于万里千年之内外

抬眼望处

寰宇澄澈，天光清明

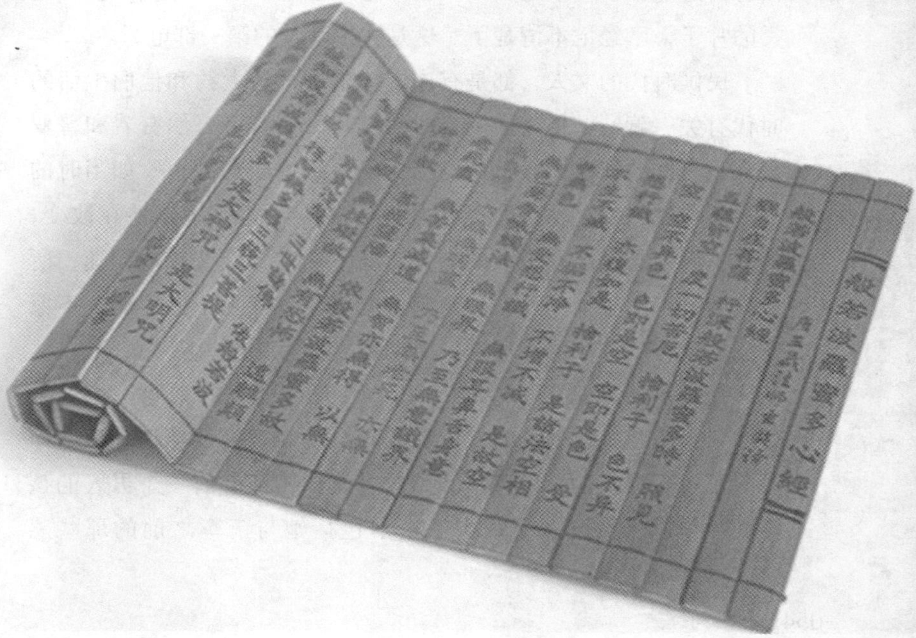

那个远去了的时代

今天晚上我专门去看了电影《黄金时代》，因为这几天总有不少关于它的话题在微信和 QQ 上出现，快要被刷屏了。我好久没有看过电影了，最近的一次也许是单位组织的一部爱国主义之类的片子，已经记不清楚了。这是我主动看的第一部电影。

民国时代的文人，都是有许多故事的，这大约和他们生活的时代有关。萧红，作为一个当时的文人、作家，自然有着和普罗大众不一样的情感体会，所以难免陷入感情纠葛中，一如当时的许多女作家、女艺人一般。因为不停地在思考，不停地在改变，内心的感受与世界及旁人的变化速度不一定完全合拍或同速，所以就容易有旧感情的死亡和新感情的诞生，加之个性鲜明，不愿意屈服于传统守旧的感情观、婚姻观，自然就多些情变。

萧红是情商低下、在感情上感性大于理智的人吗？我看未必。只是由于她所处的时代没有相对自由和宽松的感情环境，而她只不过是在新的一段感情开始的时候却还怀着前一个男人的孩子而显得过于突兀罢了。当然这不包括她与萧军之前的那些感情，至少电影给我的体会是这样的。萧红一生的不幸源于她过高的文学天分吗？大概也未必吧。这的确给萧军等人压力，但是，他们是在认真爱的，只是文人的本质决定了她过于细腻的感情体会。文人们的人生经历，多悲剧式的结局，而女性文人则会更坎坷，因为她们还有多于男性的对感情的渴望。其实萧红的一生，就是当时无数女文人、女艺人的人生缩影，与张爱玲、孟小冬等，没有太多分别。

电影看到一半的时候，我脑海里冒出一句话："文章只是细枝末节。"那么什么是主要的呢？情怀、眼界、爱恋、慈悲、包容等，我想到了许多词，但是似乎都不合适，或许这些词的集合便是我要表达的意思吧。"文学即人学"，我是很同意这句话的，一个人只要内心足够细腻，对身处的环境有足够的感情，就是可以写出好文章的，其文学性、艺术性一定是不差的，最多是遣词造句上混乱一些罢了。

对于这部电影，我其实不喜欢它的叙事风格，跟讲故事、回忆录访谈或者演纪录片似的，而且情节安排有些凌乱，横七竖八，里出外进，拖沓而冗长，搞不懂导演的所指。在我看来，用情节、画面和台词演绎的故事一定会比语言讲述的故事要好很多，但是导演却选择了片子里的方式，我不知道为什么，也许她也有苦衷吧。

这部电影当然是关于一群作家的故事，可是似乎与作家的身份并没有太大关系，他们其实也是一群普通人，电影演的也是普通人的故事，只要有一份真挚的情怀，都是可以看得懂的。对于电影的评价，如果看完后我什么话都不想说而只想沉默许久的电影就是好电影的话，这部电影算得上好电影，因为我是看完后什么话都没说，安静思考着走回来的。但是，如果它更好一些的话，我还可以在电影院安静地坐几分钟，但是我没有。

许鞍华导演确实不愧是个著名导演，电影里的那份关怀我看到了。汤唯的演出很不错，真实、不做作，流淌的是真正用了心的感情。王志文确实是个老戏骨，抓住了鲁迅的精髓和神韵，演得很有感觉，只是许广平有些家庭妇女的样子，当时的她只有三十多岁，却像个五十岁的人一样。朱亚文在许多电影电视里都是一副桀骜不驯、英气勃发的样子，可是这里演的端木蕻良却显得太过猥琐，让人有动手的冲动，也许是剧情和人物角色的需要吧。对于电影的名字“黄金时代”，与电影的联系很是单薄，只是被萧红提到一次，可是整个故事的叙述，何尝不是在印证这个名字，很有些草蛇灰线的意味，其实是不错的。在电影里十次八次出现的字眼用作片名的电影，就片名而言，我真不觉得好。萧红所处的年代，对于文学艺术而言，也确实是黄金时代，虽然国家混乱而破碎，但是相对于后来发生的一些事，这种黄金时代的体会会更加强烈。

对于笔名萧红和萧军，很多人说是来自小小红军，我并不十分认同，因为萧红绝不应该是个很关心政治、共产党和红军的人，即便有萧军的影响，也不大可能会取这样的笔名，一定有其他原因。

突然间发现，其实萧红不过是个由头，导演是借这个由头来表达她想表达的东西，我们也是，通过看或者写，来表达我们自己想要表达的东西，所以，每个人都有不同的看法，只是因为我们每个人都有自身的实际和侧重，这也许就是“一千个人眼中有一千个哈姆雷特”的缘由吧。

看了电影才知道，原来《呼兰河传》我是读过的，大约是在高中，好像是在一个假期里，但是里头的情节我已记不清了，是因为我当时还小，或者是什么原因吗，我也说不来。突然发现电影里面的许多人都是披着一件衣服盘腿坐在椅子上写东西，而我竟也有这种习惯，只是他们在纸上写而我面对的是电脑，他们抽烟而我不抽！其实网络有个坏处，就是文字少沉淀，写出来连错别字都不改就晒出去，然后很可能一次都不再看，失于精细，不好。

（2014 年 10 月 4 日）

生命不能承受之轻

前天看了电影《亲爱的》，想写点东西，但总耽搁，直到此刻还没有忘记，那就写一写吧。

孩子被偷，艰难寻找，认识了一个寻子团体，彼此鼓励，锲而不舍，终于找回。偷孩子者已死去，孀妻的两个孩子，一个被亲生父母接回，一个被福利院领养。为了要回被福利院领养的孩子，她穷尽努力。这就是故事的梗概，是根据真人真事改编的。实有发生减轻了我对编剧水平的惊叹，但是对于观众，这不重要，关键是看到了一个好的故事，可以引发思考和感慨的故事。

这是个很深刻又很沉重的话题，让我们混淆了自己的爱憎，不知道该安慰谁、谴责谁、同情谁。因为明明对立的双方或者说几方都值得同情。这实在是一种很纠结，却又令人心碎的感情。说什么好呢，也只有唏嘘。其实这就是这部电影最精彩的地方，简单的人可以看到他想看的感动，如我般装深沉者也可以有一些说辞，真正深刻的人也会找到他们想要的东西，并受到触动。

如此沉重的话题，导演陈可辛并没有让看电影的人感到很沉重，两个多小时的叙述很紧凑，也有高潮，看完后值得回味，可以引发思考，很好。

黄渤的演技越发精湛了，而赵薇演得尤其好，虽然查资料知道她是安徽芜湖人，我不知道是不是接近她的乡音，但剧中的方言说得很是地道，剧中人那种无奈和执着都演得入木三分。

总的来说，这部电影还是可以一看的，虽然前面没有修饰词“特别”。

（2014 年 10 月 14 日）

匆 匆

昨晚看了电影《匆匆那年》，然后匆匆写了篇东西，现在觉得确实是有些匆匆了。

这是一部讲述 80 后情感故事的电影，作为逐渐沧桑了的一个群体，80 后的内心少了冲动和豪迈，多了反思、沉默和唏嘘，所以青春的故事当然地戳中了内心最柔软的地方——谁当年没有过一些忐忑的悸动啊，或隐秘，或张扬。这自然地引发了无限的感慨，而唯美的片名、唯美的故事、唯美的情感当然地吸引了许多人，并引发了共鸣。

曾经默默地喜欢，安静地等待，切切地守望，其实也不知道喜欢的、等待的和守望的是什么，但是就是那样满心欢喜地去做那些事。简单的愿望，微末的希冀，并不图什么，也许这就是当初的美好。然后岁月流走，年华消逝，当初的过往已然渐行渐远，但是内心深处的一些东西还在，不轻易提起，但有时会被触动，然后脚步变得迟滞，眼神变得柔软。所有把握住的和没有把握住的都是随时间逝去的青春，如同戏词唱的一样，“如花美眷总抵不过似水流年”，匆匆那年也是。然后我们变得世故，变得功利，开始盘算，开始计较，开始挑剔，开始抱怨，开始匆匆地转身、匆匆地逃离。不像当时，可以为一个人，安静地、傻傻地花费好多年的时间，也许连一句话都没有说过，对方的记忆里只有一个淡淡的影子——这一切其实不过是在掩饰自己内心的空虚与怯懦罢了。比如我们习惯了自嘲，还以自信来辩解，其实很多的时候就是逃避的表现而已，只是抢在别人的前面自己说出自己的不堪。

对张一白导演稍有了解，觉得如名字一样，也是个很文艺、很感性的导演，所以他选了这样一个好的主题，故事的叙述风格虽然有点像小说《穆斯林的葬礼》，但是顺序很混乱，如同电影《黄金时代》一样，时不时出现一行章节标题，这是剧本的写法，而不是电影的叙事方法，直白的文字比画面叙述差了许多。在情节的表现上，许多地方都很有质感，画面很漂亮、很梦幻，如同青春一般。和那首歌同名的片名被强调了许多次，很不好。

彭于晏的表演，还是不错的，对于倪妮，有人说她的眼睛没有神，永远像是在放电，而这种眼神在这个题材的电影里确实恰如其分，表现出了青春的迷茫与彷徨。魏晨饰演的乔燃让人感觉很温暖。而对于剧中的另外一些人，我已经放弃了，可是导演还是要在他们身上花费功夫，这也许就是他胸怀比我宽阔的地方吧。

总的来说，这部电影是可以去看下的，如我般挑剔，抱太高期望的话，也许会失望，但还是值得一看的。习惯了世俗生活之后，可以在忙里偷闲的一两个小时内让自己得到些唯美的升华，甚好。

（2014 年 12 月 15 日）

以电影和死亡的名义

当写下这个突兀的题目时，我想起了曾经读过的一句话：在社交网络上发文，到底是单纯为了分享记录，还是在寻求他人的羡慕认同以“喂饱”自我呢？我不知道，虽然我是准备将它发表在社交网络上的，显然我还不够脱俗。我想要写这个题目，是因为前几天看过一部电影《闯入者》，那天又听到了一个年轻的生命一瞬间消失的事。

那个年轻的生命，还存在的时候，身份和与我的联系是我曾经的搭档的接任者，所以我和他是不熟的，见过两三次面，打过一两个招呼，以至于还叫不上他的全名，不能清晰地回忆起他的面孔和身影，而接近1990年的生年，使我觉得用年轻形容他都已不适合，而应该称之为小了。可是就在那一瞬间，他却离开了这个世界。听到这个消息的时候，我除了张大嘴巴和连呼“天哪”以外，再没有任何表情和言语。我知道这个表情一定不优雅，但是那一刻的我就是那样的。去年两位年轻的同行逝去的时候，我也曾以“永远定格在那一刻的青春”为题写过凌乱的诗和文章，那些文字已发到两千里之外的一个地方，不知道是否已经成为铅字了，我当然知道它们一点都不讨人喜欢，亦不值钱，但是我还是愿意以此来宣泄我的情绪，并让更多的人知道他们的事，警醒、反思。当然也基于我现在的状态，不到一个月就是先君的十周年忌日了，每每想起，无可化解，满怀忧郁。

电影《闯入者》似乎有点太文艺了，以至于我没太看懂，也许导演本意也不是让人看懂的。但是对比影院里其他莫名其妙表情和反应的观影者后，我突然在内心有了优越感，至少我没有那样。电影的故事性不够强，但是这有一个好处，就是可以让我们更加认真地去品味电影的具体情节和内容，以及其中的思想感情。一个独居的老人，一直在试图融入各种各样的圈子，却似乎每时每刻都非常艰难，总是融不进去，如同一个闯入者。可是面对家里出现的陌生闯入者，她又有着复杂的感情，排斥却又怜悯，于是关爱却又提防。故事用一些巧合的方式勾起了老人在过去年代里的一些事，尤其是一些不太光彩的事，并以另外一家与她有关的当事人的不幸生活遭遇来撞击她对于往事的回忆、反思，加剧她内心的煎熬。

经幡猎猎

这部电影，给人整体的感受就是压抑，色调、光线、角度等等的处理，让人有种很不舒服的感觉。这种压抑显然是导演有意而为的，他应该是想通过这种表现方式和感情基调来引发人们做一些思考，至于什么样的思考，我是不知道的，但是我还是有触动的。我相信，每一个认真看电影的人，都会有相关的思考，或深或浅，或近或远，这都不重要，重要的是引发了我们的思考，让我们明白，电影除了娱乐，更是艺术。它显然是允许有一半以上看热闹或者来消遣的人们呼呼大睡的，但是只要还有一些人没有睡着，完整地看完了这部电影，然后进行了认真而深入的思考，那么电影主创们的意图和目的也就达到了。

（2015 年 5 月）

从十二群众到十二公民

电影《十二公民》终于看完了，我是听朋友说起过这部电影而看的。不得不说，刚开始的时候，我的感觉是极不好的，差点就关上不看了，而且生出了一番感慨：中国哪有什么公民，都是一帮群众而已。我经常写东西是刻意地不使用群众这个词的，因为觉得这个词太不好，既代表了无主见的一个群体的政治称呼，又忽略了民主的进程。等到看得多一点之后，我突然觉得这是一部很好的电影，虽然只适合于小众群体而非大众，其所要表达的思想值得我们去认真思索、回味。

作为改编电影，在一个没有陪审团制度的国家拍摄以陪审团制度为主要基础的电影，着实是一个不小的考验。编剧巧妙地使用了法律专业大学生西法考试补考的故事作为背景。因为是一次模拟，只是为了自己的孩子能够顺利通过考试，而且都是学生家长，很多人当然就没把它当回事，想着早点完事好早点回去该干吗干吗。可是被一个人拦住，急躁，厌烦，冷嘲热讽，然后在不情愿的氛围下开始了对案件的分析，开始了对每一个当事人背后故事的挖掘。焦躁的、吊儿郎当的、帮闲的、刻板的、善良的……慢慢地从一个个局外人变为局内人，开始觉得案件中的当事人确实和自己有关，然后以对待一件事的是非和一个人的生死的高度来讨论分析案件，抽丝剥茧，破解疑点，全身心地投入，终于从群众变成了公民。

电影的场面很小，就是在一个会议室里面，一群人在讨论。本来是件很清晰的案件，每个人都按照掌握的资料做了合理的解释，然后统一思想，辩论也就结束了。偏偏有一个看似闲得无聊的人，却自以为是又异想天开地认为，对于这么一个案件，即便是假设的案件，进行一番深入的探讨是必要的，于是探讨开始，问题一个个被深入，疑点一个个冒出，然后原来的结论被推翻。

这其实是一个很小的实践，却反映出了无比大的事，那就是关于法律的原则和方向的事，以及关于执法理念的事。我们一向以为既不能让犯罪分子漏网而逃脱法律的惩处，也不能让无辜者受害，这显然符合中国中庸思想的理想化的社会制度假设，但是事实上，人类很多时候都是无力的，人们的查案能力永远都是有限的，可以无极限地接近事件的真相，而不能重现真相。所以确定一个人的犯罪与否无疑是十分重大的事件，这在理论层次上的警示实在是比其他许多电影要好得多。而现实是要在这方面作出相应的改革仍然有着十分复杂的客观制约。因此这虽然是一个很小的案件，但是其社会影响力是无比巨大的。一群人共同认同了一个疑罪从无的理念，然后集聚发展的动力，推进司法的改革，这才是其真正的意义所在，亦是其真正的价值所在。

知识分子当然可以在书斋里皓首穷经，电影人们也可以孜孜以求于形而上的东西，但是，关注实实在在的民众生活还是有其充分的意义在的。面对司法理念根本性的纠正，我们虽然做了一些工作，具备一些基础，但是距离真正该要达到的目标还是有很远的距离的。我们看惯了港台片里恶行累累的犯罪分子通过逼使证人不敢出庭作证而以无罪的结果走出法庭时的轻蔑神态，常常嘲笑他们司法制度的不好，却不知道有多少人因为这样那样的原因被冤枉以致坐穿牢底甚至搭上性命。法律，首先是保护无辜者免于受到惩罚的挡箭牌，显然我们离这一步还有不小的距离，或许通过这样一部电影，我们可以往前走一段，哪怕一两步，都是难能可贵的。

（2015 年 12 月）

门外的孩子

近来读书，有幸读到蒋孝严先生的《蒋家门外的孩子》，听他诉说几十年的经历过往，或意气风发，或忧郁婉转，或肝肠寸断，颇有感触，值得写一写、诉一诉。

蒋孝严是蒋介石的嫡孙，是中国台湾地区前领导人蒋经国先生之子，可是因为非婚生，加上父家的身份特殊，以至于父虽有意，子亦有心，但孝严先生和弟弟孝慈先生长久以来只能以舅舅孩子的身份而随母姓，其归宗之路坎坷、曲折而漫长，而孝慈先生终于没有等到这一天就离开了这个世界，也许他会在另一个世界里和父亲母亲得以团聚、安享天伦吧。

在书中，孝严先生细笔勾勒了自己和弟弟几十年努力奋斗的经历，并为兄弟俩取得的成就颇感自豪。不难看出，他其实是在憋着一把劲的，就是想要证明，回归蒋家是因为血脉的缘故和对父亲的敬仰与怀念，只是渴望拥有自然的天伦，而并不是想获得什么样的荫蔽；而且，即便是没有蒋家的照顾，自己也可以通过努力获得很大的成就的。其纠结、倔强、敏感、努力等，在字里行间慢慢流淌、娓娓诉说，年老之人的少年心性、纯粹情感都自然而无保留地流露笔端。最真挚的感情，其实最能打动人心，引人感慨共鸣，无怪乎王金平先生在序文里说："他写时是一行一泪，竟叫我们读来也一页一泪。"诚如斯言，我也曾常常是一读三叹，眼角湿润，唏嘘不已。

书的封面上，孝严先生说："从门外走进门里，我花了六十年；虽然，进门时，屋里几乎空无一人，但是，我心里充满了喜悦，因为自此之后，我的孩子，以及他们的孩子，都不可再徘徊在门外，而饱受风霜了。"六十年的时间，做成了这一件事，可是面对几乎空无一人的门里，我想孝严先生一定百感交集，或许泪流满面了吧，因为我写这段话的时候就有泪流满面的冲动了。可是我更想说的是，还有在门外的孩子们，还在路上奔波，还在风霜里行走的孩子们，因为各种原因而只能遥望家门而不得入、不能入的孩子们，该怎样走进门里？古人讲："老吾老以及人之老，幼吾幼以及人之幼。"若是以孝严先生的身份再叙述一些这样的所作所为，一定会更能触动世人、号召行动。我只是希望，每个人可以尽情地享受家的幸福，珍惜拥有的一切，与此同时，在力所能及的范围内，可以给旁人一些帮助和关爱。因为生存不易，因为生命脆弱，因为我们生活在这个世界上，只是世界的一粒尘埃，而这个世界又是茫茫宇宙中的一粒尘埃。我们总是太过忙碌而烦躁，常常错过路边的绿树、花丛中的蝴蝶和天上落下的如烟如雾的蒙蒙细雨，错过擦肩而过的人们脸上的笑容和温暖。

其实写这样的文字和主题，我是基于自己的一份私心，因为我也想家了，也想亲人们了。我们在人世的生活中总会积淀一些情愫和怀念，平时不会提起，只是在偶然的机缘下被激发出来，然后陷入沉思，满脸忧郁。当然也是基于这样的情绪，更能体会孝严先生的情感与诉说，更能理解他的耿耿苦心和难以言说又渴望诉说的纠结了。

在被书中的文字和叙述感动的同时，马英九、连战、王金平、钱复等人的序文让我有了眼前一亮的感觉。他们对中国古典文化的纯熟、言语的平和，尤其是文后工整的签名，让我不禁感慨，在这个签名多龙飞凤舞、潦草凌乱的所谓书法的时代里，还有学界精英、政坛翘楚们可以认真地写下自己的名字，在中华文化不断遭受曲解、亵渎、破坏的时代里，还能看到这耀眼的光芒，着实让我惊奇和欣喜。佛家讲："一花一世界，一叶一菩提。"我想，三四个签名足可以折射出一份底蕴与涵养，可以显示中华源源不断的文脉与传承，甚好。

（2015 年 3 月）

穹顶之下的忏悔

昨晚看了柴静的纪录片《穹顶之下》，凌晨时分匆匆写了篇东西，现在看来颇有些粗疏。而同时也发现，我们所处的环境问题颇多，不是靠几部纪录片和几篇文章就能解决的。于是此刻我也产生了怀疑：我写这种东西到底有没有意义，莫非只是一种徒劳？我对媒体和旁人的许多观点和做法都不认同，却还奢望得到别人的认可，何尝不是异想天开呢？但是既然写了，那就还是写完吧。毕竟这是一个思考的过程，而思考的过程，以及思考本身是有意义的。

其实对于发展经济与保护环境，我们应该有一个认识，自己所处的环境，其中的大气、土壤、水等，当然该由自己来保护，这首先是为了自己的健康，其次才是给别人带来好处，所以无论别人给不给钱、感谢不感谢，每个人都该做。就好比我们微笑了，路遇的陌生人也感到了快乐，可是他不向我们表示感谢，我们就要哭丧着脸或者去管人家要钱吗？

照 耀

我们之所以要忏悔，是因为是我们，而不是别的人，是我们的努力和不努力，促成了现在的这一状态。今天中国的所有好和不好，都是在政府的引导和民众的努力下造就的，只是二者努力程度或者不努力程度不同而已。指责、愤怒和谩骂都是不能解决任何问题的，而且会激化矛盾，唯有每一个人做好自己的事，作为一个自然人，作为一个社会人，作为一个公民。对于潜规则，我们去批评它，尽量去抵制它，而不去迎合它，这是需要代价的，应该有人去承担这个代价。对于不好的、让人不快的行为，每一个有担当的个人都应该去反对，并克制自己不去做。简单地说，就是在难以做到不的时候，尽量少些投机取巧，少些走捷径，多些温暖，多些鼓励，多些支持。比如少送一次礼，少拍一些马屁等，尽量把别人想得善良一点，而不是邪恶一点。

纪录片已经看完，可是并不因为此就可以将此事抛诸脑后，相反，许多事才刚刚开始。作为这个国家的一员，作为穹顶之下的一员，只有以我们微不足道的努力来累积一丝一毫的改观，才能最终换来一片湛蓝的天，换来洁净的空气，不论哪一天能实现，我们都要坚持，因为这就是唯一。

（2015 年 3 月 2 日）

弦诵在山城

花了三四天的时间，终于读完了《西南联大行思录》。思及其中种种，感慨不已。我摊开纸，写下了“弦诵在山城”五个字，发了一条微信朋友圈，配了这幅字和书的封面照片。最近我是很少发朋友圈的，晒自己的字当然更少，但是，今天，在读完这本书之后，我觉得我是该做这些事的。

西南联大的全称是国立西南联合大学，是国立北京大学、国立清华大学和私立南开大学在抗日战争期间联合组建的战时大学。学校的条件简陋不已，生活更是异常艰难。国人遭遇危难，国土山河破碎，政治混乱而腐败，教授和学子们的心情自然阴郁沉重。可是，就是在这样的背景下，在这样的环境里，中国的知识分子们却坚定地延续着传道授业解惑的事业，延续道统，延续文明，培养了大量优秀人才，取得了一大批重要的学术成果，将西南联大办得熠熠生辉，灿烂夺目，创造了中国教育史上耀眼的辉煌。也许是经历了大灾难，遭遇了背井离乡和妻离子散，许多原本生活在大都市象牙塔里的教授学子们离开城市，离开书斋，深入民间，深入乡野，阳春白雪与下里巴人碰撞，知识分子得到了山石泥土、阳光雨露和人民的滋养，知识、文化、思想与最质朴、最单纯、最善良情感相碰撞，火花迸射，无比耀眼。

《西南联大行思录》

弦诵不绝，这是三校的教授们最初忍受苦难、坚定撤离时最质朴的愿望。有校歌可以为证：“万里长征，辞却了五朝宫阙，暂驻足衡山湘水，又成离别。绝徼移栽桢干质，九州遍洒黎元血。尽笳吹弦诵在山城，情弥切。千秋耻，终当雪。中兴业，须人杰。便一成三户，壮怀难折。多难殷忧新国运，动心忍性希前哲。待驱除仇寇复神京，还燕碣。”可是不曾想到，西南联大建立开课以来，在八年的时间里，隐忍而坚定的学人们培养了八千多名学生，尽管最后获得文凭的只有两千多人。即便许多人因为这样那样的原因而没有圆满毕业，但他们中产生了大量的学者、战士。“一寸山河一寸血，十万青年十万兵”，许多优秀的学生，原本是可以创造出更加煊赫的学术成绩和人生作为的。可是，在最年轻的岁月里，他们却奔赴战场，与入侵者直面作战，鲜血浸入泥土，年轻的生命定格成了永恒。有更多的人，继续沉着前行，创造了可以光耀史册的成就。还有许多人，他们的成就并不耀眼，却以坚毅纯真的品格感染着生活中的每一个人，昭示着文明薪火相传的希望。

辉煌只在身后，在一代联大教授们随风飘散，少年学子们垂垂老矣的时候，回望当年，回望多难的国家和艰难的经历，以及悲惨过往时，联大人在坚持，在隐忍，在思索，在悲戚，中华亦是。一把血泪暗自吞的同时，却还是抛不下对国家和民族未来的深刻思考，沉沉忧虑。思及当下的种种不如意，忧心如焚的赤诚溢于言表，于是思考，不停地思考，不停地寻找出路，不停地想办法。

美丽山河

毕业于北京大学，长期致力于西南联大研究的张曼菱，满怀着对西南联大和家乡云南的深情，将十余年工作中积累的点滴感慨和心路历程汇集成册，写就了这本三十五万字的《西南联大行思录》。对于读这本书的感觉，著名主持人白岩松曾说："一次次地让我热泪盈眶，这种热泪盈眶我觉得很好，让我知道自己是谁，知道自己还会被什么所感动。"当下的我们，许多人因为这样那样的不如意而麻木，但是总会有一些东西触动我们内心最柔软的地方，呼唤起我们内心最真诚的情感，这本书显然是做到了。因为它不只叙述，有揭露和启示，更重要的则是呼唤和引导，呼唤、引导人们进行思考，解决问题，展望明天。

（2015 年 11 月 22 日）

那年北平雨涟涟

电脑前熬了几夜后，53 集的电视连续剧《北平无战事》终于看完了。最后一集是在北平和平解放后解放军入城时地下共产党员谢培东的笑脸中定格的，那是个木讷的男人，但是他的笑容却无比温暖，如同四月的阳光。

民国三十七年（即 1948 年），北平，注定是个多事之秋，多事之地。电视剧里的北平经常下雨，动不动就雨水涟涟，而国家也是风雨如晦，动荡飘摇。“反饥饿、反内战、反迫害”的游行接连不断，每天都有人被饿死。国民党与共产党地下组织之间、国民党各派系之间都在表面的风平浪静下暗流涌动。在坚决反腐的大旗下，蒋经国指挥着一班人马冲锋陷阵，腐败分子、财团们也在绞尽脑汁地攻防搏斗。物资调配运输、币制改革、反共反腐，这就是电视剧的主题和主要内容，围绕这些，一个个角色斗智斗勇，或白刃相向，或笑脸相对，或剑拔弩张，或云淡风轻。

当时的民国已然是风雨飘摇了，但是剧中的这些人们却还是不放弃一丝一毫的努力，坚决反腐，推行币制改革，挽狂澜于既倒。他们是坚定的理想主义者，同时也是坚定的实践者，有学生的逐渐认同，以及币制改革在民间的有力推行为证，虽然币制改革最后却成了搜刮民众的行为和罪证。“天下滔滔，祸乱未已，吏治人心，毫无更改，军政战事，日崇虚伪，非得二三君子，倡之以诚朴，道之以廉耻，则江河日下，不知所届……不若自习勤劳，犹可稍求一心之安。”这是其中所引用的曾国藩的话，他们当然知道国家到了什么样的地步，却还认认真真地按照曾国藩所说的话去做。所以曾可达坚决反腐，后来哪怕私卖军粮也要救民于水火，虽也不会因此而丢官丧命，可是此心已死，只好饮弹自绝了，这是何等的决绝，成就了一个天资不够高、做事做人却够诚实的悲壮英雄，殉了心中的国家和人民。梁经纶，留美的经济学博士、燕京大学的经济系教授、何其沧副校长的助手，这个青年才俊，本来可以安享优渥的生活，在学术上获得重大的成就，可是为了报答当年的知遇之恩以及后来的提携之恩，更为了国家和人民，毅然决然地投身于政治乱局中。他还是一个正直而慷慨的人，面对政府的不当行为，丝毫不留情面地批评和挞伐，唯有爱之深，方能责之切，自然也足够感染人。“古老的夜晚和那来自远方的音乐是永恒的，但那不属于我”，这是何等的凄婉与悲壮。

这里是洋溢着人性温情的所在。

作为蒋介石长子，蒋经国亲自看报名参军者的资料，因而发现了有才华的梁经纶，与其谈话，对其鼓励，帮助其投考大学，后来又安排其赴美留学，点滴苦心造就了一个坚定而果决的青年教授和担负重任的军官。对于方孟敖这个坐了冷板凳的笕桥中央航校飞行教官，蒋经国竟然也是亲自看了档案资料，发现其不俗之处而着意拔擢使用，甚至不惜从南京特别军事法庭的枪口下将其救出，随即又委以重任。他还敢大刀阔斧地反腐，旗帜鲜明地反对和打击孔、宋等大老虎，而且并不讲亲戚关系，亦不顾及彼等的地位和权势，这是对国家民族担当责任的家国情怀，是为政者的雄心和抱负，是真善美的温情。有此作为，去台湾后推动发展的那些作为自然也就是顺理成章的了。

曾可达，国防部预备干部局的少将督察，精明强干的青年军官，过着朴素的生活，却总是记挂着家乡和父兄们，把一半薪水寄回农村老家；疾恶如仇，对民众的苦难感同身受，对游行示威学生和饱受饥饿之苦的民众抱有深切同情。王蒲忱，这个身为军统保密局北平站站长的人，居然像个文弱的书生，以他的职务和工作性质，本该是个双手沾满无辜者鲜血的杀人如麻的刽子手，而他却在努力阻止国家机器的屠刀挥起，而且我们总能从他脸上和眼睛里看到温情和诚恳。甚至于劣迹斑斑的北平民食调配委员会副主任、前保密局北平站站长马汉山也要把自己最后的一盒金条留给被他所杀的崔中石的家人。中央银行北平分行行长方步亭，当年为了帮政府运送物资却使自己的夫人和女儿死于非命，以致儿子每每不能原谅，而他也在竭尽全力忏悔和弥补。至于燕京大学副校长何其沧对女儿何孝钰及学生梁经纶的关爱，教授们对参加游行和示威的学生们的保护，则更是充满着温情。当然对于以上的许多，一定会有人很容易地找出他们这些作为的其他原因来，但我还是愿意做一个简单的人，用必要的善意去揣度每一个看似善良的或不善良的人。

国民党的形象是否太过正面，扮演国民党人物的演员分量是否太重，这都是主创们一直担心的问题，但是“让国民党把钱运走，把民心给我们留下”这句话出来后，我觉得这些担心都不存在了，这句话足够伟大，有足够的智慧，以此为基础建设新中国是大有希望和信心的。

这当然是一部很严肃的历史剧，收看的过程中可能还要做些功课，对于收视观众是有选择的，至少喜欢乡村剧、家庭剧、爱情剧的观众中的一大部分人是不太可能会喜欢的，收视率当然不能和商业剧相提并论，但是毕竟还是有那么多人在推崇，这是一个好的现象，说明了当下的人们对于文艺的要求，对于历史评论的要求更高，思考得更加深入。

演员的表演方面，许多老戏骨的表现精彩不断，让人惊喜连连。倪大红饰演的谢培东将中共地下党负责人的不显山露水、坚忍、沉稳和矢志不渝表现得入木三分，似乎已经成了潜伏在国民党核心机构的地下党重要人物的典范。程煜则把北平民食调配委员会副主任马汉山演绎得淋漓尽致，其痞气、硬气、豪气、死亡关卡前的萎靡气、破财买命的市侩气以及经历过生死考验后的淡泊从容气都真实无二地展现在了观众面前。王庆祥演的方步亭把一个不屑于政治污浊的经济学家、有操守的金融官僚、贵族气十足的传统世家当家人的形象刻画得惟妙惟肖，其台词常常有出神入化的禅意和哲学气息。而陈宝国饰演的徐铁英则把局中人的精明强干与贪婪、上了贼船而下不来后恼羞成怒的焦灼演绎得出神入化。廖凡也把青年才俊梁经纶的学者气、英雄气，清教徒般的自律和隐忍克制以及真实而深切的愤怒表现得恰到好处。曾可达、何其沧、何孝钰、谢木兰、严春明、王蒲忱等角色也都被塑造得十分精彩。唯一不足的是刘烨的表演，我觉得他演的方孟敖有痞气，而且矫揉造作，并没有演出角色的风流气、潇洒自若与不拘规则的率性，当然这句话我发到微信朋友圈时，认同的人并不多，也许是我太主观了。

剧情安排方面，有一点突兀的是最后一集方孟敖与何孝钰的吻戏似与剧情的基调和尺度很不协调，虽然也有剧情发展的铺垫，但总觉得有点过了。其中的何其沧和程小云曾表演了一段京剧，是《梅龙镇》中的《月儿弯弯照九州》，竟然放的是该段的原唱，还有其中的何孝钰唱的《花好月圆》，也是用周璇的原唱，感觉衔接不够严丝合缝。

（2016 年 2 月 5 日）

遥远的堂吉诃德

西班牙著名作家塞万提斯的小说《堂吉诃德》我终于读完了，这是一部七十多万字、八百多页的书，耗费了我春节假日里的三天多时间。坦白地说，刚开始读的时候，不感觉这书有多好，似乎和它那么大的名声并不相符，而对于其中人物的行为则更是觉得可笑无聊。可是读到后面，却有了不一样的感觉，似乎有了要汗流浃背的感觉。这是一部堪与《红楼梦》比肩的伟大作品，呈现了世间众生相的浮世绘，以金刚怒目式的当头棒喝警示着每一个阅读者，而背后流淌的是润物细无声的慈悲与关爱。

堂吉诃德，这是个本来名叫阿隆索·吉哈诺的乡村绅士，家境小康，酷爱骑士小说，走火入魔而做起了幻想中的游侠骑士。小说描述了主人公在其荒诞的骑士生涯中的种种经历，比如把风车当做巨人而与之搏斗，把羊群当成军队而与其厮杀等。最后作者借堂吉诃德之口对骑士小说做了批判。小说的故事脉络和主要内容大概就是这些。自其成书至今的四百多年里，一直被奉为经典而广受读者喜爱，可见这一定是一部常读常新的小说，一部启迪人们内心思考的小说，必然具有深刻的现实意义和启示意义。

《堂吉诃德》在中国的走红，发端于鲁迅、周作人兄弟的推介，说塞万提斯“以此书为刺，即示人以旧思想之难行于新时代也，唯其成果之大，乃出意外，凡一时之讽刺，至今或失色泽，而人生永久之问题，并寄于此，故其书亦永久如新，不以时地变其价值。书中所记，以平庸实在之背景，演勇壮虚幻之行事。不啻示空想与实生活之抵触，亦即人间向上精进之心，与现实俗世之冲突也。堂吉诃德后时而失败，其行事可笑。然古之英雄，先时而失败者，其精神固皆堂吉诃德也，此可深长思者也”。诚然，他们是发现了此书对于反对骑士时代即封建时代以及新思想启蒙的价值，同时也发现了其英雄主义的闪光点，因而做推介的。反封建显然只是一段时期的社会价值，而英雄主义、真善美等却是永恒的，是历久而弥新的，亦可见二位先生见地之高。

小说的价值在于作者建造一座宝库后读者对它的挖掘，这座宝库是足够大的，七十多万言的篇幅，将欧洲骑士时代的历史进行了全面的串联，更将重要的事件做了浓重的渲染，当然更加生动细腻地描写了主人公游侠骑士生涯中的点点滴滴，展现了欧洲西班牙一带的社会生活的许多方面。小说的最后，以极简略的篇幅提出了反骑士小说以及骑士时代的中心思想，似乎将一部悲剧画上了喜剧式的句号，但我总觉得这只是一种曲笔而已，因为随着社会的发展，骑士精神已经极大变质，骑士盗匪化、骑士文学庸俗化广为社会所诟病，不对其做批判显然是不符合时代要求的，歌颂骑士精神则更是不合时宜，甚至很有可能带来书遭禁、作者亦遭遇批判的结局。当然荒唐庸俗甚至丑陋的骑士精神是该批判的，作者也做了批判，但并不仅限于此，更多的是对优秀的骑士精神的歌颂与呼唤。毕竟勇敢、正直、善良、有责任心等都是人世间最宝贵的品质和价值，也是小说大篇幅渲染的内容，更是作者的所指和作品的最大价值之所在。书中堂吉诃德除了迂腐笃信骑士小说中的诸如魔法师及自己的幻觉外绝无缺点，则很可能就是这种思想的具体表现。

《堂吉诃德》成书于十七世纪初，是西方文学史上的第一部现代小说，也是极其重要的一部小说，是世界文学的瑰宝之一。约一个半世纪以后，《红楼梦》这部中国古典小说巅峰之作也问世了，它也是中国封建社会的百科全书，传统文化的集大成者。二者成书时间上虽有先后，但是从文学史上的地位、对社会的影响等方面上看却有着许多相似之处。或许是人类的思考有共通之处，而文学的发展也有着共同的路径，仔细阅读和思考就发现，这两部伟大小说之间存在着某种微妙的联系，相互做下比较，就容易发现许多精彩之处。

最显著的一点就是病态美。

堂吉诃德，按书中的定位，是一个沉迷于骑士小说而走火入魔的疯子，其侍从桑丘，也是迷惑于魔法奇幻事的疯傻之人，还有许多局中人，也都有着疯癫痴狂的表现。而《红楼梦》，男主角贾宝玉，呈现的是女性美，男人缺阳刚气，当然是病态的，而女主角林黛玉呈现的就是具体的病态美。贾宝玉“面若中秋之月，色如春晓之花，鬓若刀裁，眉如墨画，鼻如悬胆，睛若秋波，虽怒时而似笑，即瞋视而有情”；林黛玉则是“态生两靥之愁，娇袭一身之病。泪光点点，娇喘微微。闲静似娇花照水，行动如弱柳扶风。心较比干多一窍，病如西子胜三分”。不但形象如此，言语、形态、做派诸方面都是如此。

局中人的闪光点也是在病态美中呈现的。堂吉诃德，其勇敢、有责任感、敢担当、追求并捍卫爱情等品质，无一不是通过疯子堂吉诃德与风车、羊群、酒囊、狮子等的搏斗中展现出来的。而桑丘也是在对主人的盲从中显示着忠诚，被当傻子和疯子捉弄，自己抽鞭子、尽职尽责地做总督、忍受被掐被扎而拯救公爵府侍女还阳，等等，生动地体现出了其善良、正直、明辨是非、与人为善和敢于担当的一面。贾宝玉以女性化的视角，对男权世界中的权势和功名极尽嘲讽之能事，对趋炎附势、尔虞我诈的官场无情嘲弄，对人性中的贪婪、懦弱、自私、龌龊极力挞伐。林黛玉则更是以"寒塘渡鹤影，冷月葬花魂"及《葬花吟》等极尽病态的场面展现了一种张力十足的凄美画面。

如果缺了这种病态美，小说的价值就会马上崩塌。堂吉诃德认认真真地做一个乡绅，仔仔细细地经营自己的生活，桑丘踏踏实实地做一个农民，按时按点地种自己的地、养自己的牲口，那么这部小说就没有了灵魂。贾宝玉按照圣贤们的教导，十年寒窗，一朝中榜，然后先天下之忧而忧，后天下之乐而乐，那《红楼梦》也就成了一部公案小说或者是励志小说。林黛玉每天做针织女红，也读书写诗作文，嫁得如意郎君，相夫教子，功成名就，则世间又多一诰命夫人，而与《红楼梦》无干了。那么这个唯一和巅峰也将不复存在了。

还有一点就是玄幻色彩。堂吉诃德所追捧的那个骑士时代里骑士与魔法师们的斗智斗勇，面对风车、羊群、客店等时以眼中的幻觉而视之为巨人、军队、城堡等，以及以魔法师施魔法的名义让桑丘也相信了许多难以想象的行为举止，不得不说，缺少了这种玄幻色彩，无论是中式的神话，还是西方式的魔法，小说的推进就面临了障碍，而难以完整顺利地继续下去。《红楼梦》里"木石前盟""通灵宝玉""风月宝鉴"以及与之相关的许多内容也是如此。

还有对权势的批判和嘲讽。《堂吉诃德》里的公爵夫妇无疑是细笔勾勒的人物里最有权势的，这样两个极具绅士和贵妇气质的人物，却自私而刻薄，明知堂吉诃德有疯癫之症，仍道貌岸然地待之以上宾，然后又率阖府之众，费尽心思，周密布置，捉弄堂吉诃德与桑丘二人，如同《红楼梦》对贾雨村等一批人的批判和嘲讽。

堂吉诃德毕竟已经很遥远了，作者以疯子的形象，荒诞不经的言语和行止塑造了一个让我们啼笑皆非，最后却唏嘘不已的形象，深入内心，难以放下，难以忘记。笔调不乏讽刺与戏谑，却使得这个形象更加生动而鲜明，这显然是缺憾美，因为即便疯傻，堂吉诃德的形象也是极其美好的，有许多人类永恒歌颂的品质。我总觉着这是作者当头棒喝般的慈悲，可以让真正用心去读的人得到醍醐灌顶般的顿悟，当然这也是其精妙与伟大之处。

堂吉诃德已经远去了，再也不会出现了，因为那个时代已经远去了，那个时代里有着许多令我们怀念的东西，虽然也有着许多不好的东西，可是它毕竟已经远去了。

那个时代里的人们显然不够聪明，了解的知识也不够多，所以如堂吉诃德，看了几十部骑士小说之后，就觉得那是真真实实存在过的历史，男人的生命是该那样去度过的。但是堂吉诃德是无遗憾的，我以为。因为他做了他想做的事情，即便荒诞不经，被人嘲笑，被人戏弄，他的形象已经深刻地印刻在了许多读者的心中，长生而不死。

堂吉诃德远去了，我不知道该说些什么，或许没有什么可说的，只是怀念他。

（2016 年 2 月 13 日）

永远的亚伯

《林肯传》读完了，我内心似乎有许多话要说，却又好像说不出来，于是陷入了死一般的沉寂。

美国的几十位总统，在中国人印象中，亚伯拉罕·林肯算得上其中很重要的一位。他是美国黑人奴隶制的废除者，曾位列最伟大总统排名第一位。也是与乔治·华盛顿、富兰克林·罗斯福、托马斯·杰斐逊比肩的美国最有作为的总统之一。新版 5 美元纸币正面就是他的照片。2006 年，他又位列影响美国的 100 位人物第一名。同时他还是第一个遭遇刺杀的美国总统，在任仅四年多。

这是一个农民的儿子，没有受过多少教育，少年时代的他当过俄亥俄河上的摆渡工、种植园的工人、土地测绘员等。在艰苦的劳作之余，他始终是一个热爱读书的青年，夜读的灯火总要闪烁到很晚。在青年时代，他通读了莎士比亚的全部著作、《美国历史》，以及许多历史和文学书籍，通过自学成为一个博学而充满智慧的人。

卡尔·马克思曾这样评价他："他是一个不会被困难所吓倒、不会为成功所迷惑的人；他不屈不挠地迈向自己的伟大目标，而从不轻举妄动，他稳步向前，而从不倒退……总之，他是一位达到了伟大境界而仍然保持自己优良品质的罕有的人物。"

他是个忧郁的人，家庭和生活里都有着太多的不幸，可是他是个善良的人，关爱着许多人，哪怕是素不相识的人。曾几乎被所有人轻视，却赢得了无数人的怀念和尊敬。失败和痛苦与生俱来，他却又无比坚强地往前走，用爱和慈悲拯救了那个濒临分裂的伟大国家，又宽恕了那么多的人，是因为内心强大吗，还是什么？我实在想不出更合适的词来。

莽莽青山

当然书里还展示了一个穷小子一步一步成为美国总统的过程，展示了一个真实美国梦实现的过程，告诉我们事在人为，一切皆有可能，哪怕你的起点有多么低，哪怕你的条件有多么不好，只要坚定，只要念念不忘，终会有回响的。这本书也展示了一个不完美的国家甚至是丑陋的国家逐渐变好的过程，而这也是感召我们去不懈努力，让不美好变得美好的航标，也是照亮前行者们路途的明灯。

这本书只是一个开始，我想我还会读许多关于他的书，更加深刻地研读、体悟他独特而传奇的一生。

（2014 年 11 月 19 日）

以父亲之名

早上打开电脑，跳出的第一条消息就是南非前总统曼德拉逝世。看完之后，心情一下就很不好了。对于曼德拉，了解一些，知道他坐过二十七年牢，当过四五年的南非总统，却赢得了南非人乃至全世界人民的爱戴，有无数的人，以父亲来称呼他。

二十七年的牢狱生涯，即便对于九十五岁的人生历程，依然很长，可是在他慈祥的脸上，看不出任何的抱怨和愤恨，而是温和、善良和慈悲，是满脸的微笑，对于这样的人，我们不去爱戴，实在太难。他因此也当然地赢得了人们的尊敬。

作为积极的反种族隔离者，他领导罢工运动，抗议和抵制白人种族主义者成立的“南非共和国”，创建了军事组织，进行武装斗争。他显然是积极的革命者，也因此而换来了终身监禁的惩罚。也许是长久的牢狱生涯让他有了更多更深刻的思考。在罗本岛 4.5 平方米的狱室里，受着非人待遇的他却希望狱方能同意他在监狱的院子里开辟出一块菜园，监狱方面多次拒绝，但是最终还是同意了他的要求。在岛上，他依然坚持锻炼身体。在罗本岛被囚禁 18 年之后，他被转移到波尔斯摩尔监狱，在这里，他又开辟了一片菜园，并且种了将近九百株植物。本该绝望的他，却仍然满怀着对生命的希望，种植着绿色的生命，这是何等强大的内心！

凭借着全世界范围内广泛的号召力和影响力，在入狱二十七年之后，他终于被南非政府无条件释放，重获自由。作为最坚定的革命者，以及坚决反抗非正义的胜利者，出狱后的他，本该很骄傲地面对当年的敌人，来进一步成就自己坚持到底而不妥协的胜利，可是，他竟然不再坚持革命和反抗，而是支持调解和协商，推动南非多元族群的民主进程。以父亲般的关怀，让南非的黑人、白人、黄种人们汇聚成彩虹，共同生活在一起。后来他参加竞选获胜成为南非首位黑人总统，至此，彩虹之国的大旗才真正在这片土地上高高飘扬起来了。

当他邀请三名虐待过他的狱警参加他的总统就职典礼，向他们致敬，并说出“当我走出囚室，迈过通往自由的监狱大门时，我已经清楚，自己若不能把悲痛和怨恨留在身后，那么我仍在狱中”的话时，一个脱胎换骨而完成涅槃的伟大的纳尔逊·曼德拉真正站起来了，他的微笑也从此定住，一直微笑下去，如父亲般温暖。

面对这样的人，我们的一点不快、委屈哪怕是冤枉又算得了什么啊。在受到伤害却不能改变的时候，用慈悲去救赎自己的内心，去原谅伤害了自己的人，爱的力量远比恨的力量要大得多。唯有爱，可以让人们得到安宁。有曼德拉高大的身躯指引，这个队伍一定会越来越壮大，这也是我们所生活的世界变得更加美好的希望所在。

（2013 年 12 月 6 日）

真实的黎元洪

图书馆借来的《黎元洪大传》终于读完了，似乎发现了一个与以往认识不一样的黎元洪，很有些欣喜，颇值得写一写，说一说。

黎元洪，是辛亥革命的首义元勋，在民国建立的过程中是立有大功的，数次做过民国的总统和副总统。同时，他又是晚清的地方将领，在湖北的政界和军界都享有极高的威望。这看似两个完全不可能有交集的身份，却在他的身上集合了，这也许就是真实的黎元洪，不违本心，不虚伪，不做作，也是晚清至民国诸多知名人物的一个缩影，透过他们，也许可以看到一个真实的晚清和民国。

论出身，他不过生于一个小军官家庭，而且其父当了军官没多久就被遣散了。虽然黎氏在早先曾是当地家产丰厚、耕读相传的名门望族，但是自清朝中叶起就逐渐衰落了。家庭的荣光，他恐怕只能从父辈的回忆里感受一二。幸运的是，虽然也做过放牛娃，但黎元洪受过较为完善的私塾教育，又读过北洋水师学堂，接受过一些较为新式的思想。更加幸运的是，即便在最贫困艰难的时候，比如放牛惹祸的时候，有人愿意为他开脱受过，母亲去世后继母对他也关怀有加，使得他养成了温和的性格，而非如朱元璋一般，贫穷的时候受尽冷眼，发达后便变本加厉地报复和怀疑，滥开杀伐。

黎元洪的成长之路，也是以温和为主基调的，当然还包括他的敦厚、勤奋与好学。无论是在北洋水师学堂，还是在后来的军队中，他都是以这些优点取得一系列的成绩，进而被一个个上司赏识、提拔的，特别是成为张之洞的重要助手后，得以快速历练提高。即便是甲午海战中被动做了逃兵因此而被监禁数月，他也没有一蹶不振，而是温和地接受着一切他该当承受的东西。在湖北新军中任职的时候，他三访日本，大开眼界，不仅军事知识水平得到提高，还接触到了近代知识和民主思想。难能可贵的是，这些和他的身份并不相抵触，他依然认认真真地在做他的新军将领，严于律己，宽以待兵，赢得了“黎菩萨”的誉称。

革命风起云涌之时，他不过分难为革命党人，却也并非出于失职与姑息，只是鉴于当时政局而采取合适作为，也不算有负清室朝廷的官职和俸禄。于是在革命成功、群龙无首的时候，革命党人自然而然地想到了他。对于眼前的这些人虽也熟悉，但是对于他们做的事，既没有充分的了解，也没有十成的把握，然而事已至此，他也只好半推半就，静观其变。于是又被戏谑成“床下都督”，虽无其事，却也符合其做派，因此才会传扬甚广。而在后来，感受到权力的荣耀后，又开始争权、揽权。南京与武汉的定都之争，袁世凯与孙中山的较量中，他也都在打着自己的小算盘，虽然别人也是在打自己的算盘，而且这些事其实并没有一个绝好的选择，都是不违背大义的。袁世凯要称帝时，他坚定反对；武义亲王的爵位，他坚决不受。对于袁世凯死后的大总统职位，接也不是，不接也不是。继任之后，曾踌躇满志，不料遭遇府院之争，每每掣肘；顶空职而无所作为时，他又奔走争取，绞尽脑汁。而到后来屡被利用裹挟，终于退出政坛，休养于林下。而同时，他又积极投身实业，四处资助教育慈善。

纵观他的一生，具有许多看似矛盾的面，却又有着内在紧密联系。因为他的温和与善良，所以时时处处对人对事都很宽厚，无论与同僚还是对头，都有着较好的友谊，比如与前同事张彪，与后来的孙中山、袁世凯等。在权力面前，却又不能免俗，不甘寂寞，会努力去争，时不时还会要一些手段。而对于一些大义大节，却还是能够坚守的。尤其在许多大的变故下，并没有太多极端的激愤。对清朝，没有愚忠；对权势，没有死守；对对抗，没有强顶，等等。其实与共和协商的思想一脉相承，而这些也构成了民国的主要风格。有人说“中华民国”在抗日战争之前的十年，是难得的太平之世，或许这样的太平就是黎元洪这一代人所创造的，虽然政局有时候纷嚣不堪，但民众还是可以自由地发展生产，法制和民主的思想在一定程度上得到培养，民众的意识开始觉醒，文化不断发达，也算难能可贵了。

（2015 年 8 月）

怀念大河

星期六上午九时许，隔壁正在装修，电钻声时起时歇。

我想写这篇文章，是因为刚才读过的一篇文章《大河在尕玛羊曲以下》，作者的署名是野鹰，这大概是个笔名，我不知道他或者她的真名，也无从了解写这篇文章的背景和情绪状态。但光是这个标题就已吸引我去读它了，从七八十篇文章里选出来读它。

我是在墙外的噪声里读这篇文章的。但是噪声竟然没能打扰我，我读完了它，然后陷入深深的沉思。之后，拿起笔，在标题之上写了几个字：美哉，大河！悲哉，大河！

大河浩荡

学水，从事水利工作多年，我越发对河流湖泊有感情了，而黄河则更是永远的牵挂，仅凭这两个字，就感觉可以引发无限的思绪，足以停驻许多的感情寄托。许多经常陷入思考的国人，大概也是如此。

牧野先生的《壶口断章》言犹在耳，冼星海的《保卫黄河》似乎也在耳边响起了，然后一条宽阔的大河，或激流奔涌，或蜿蜒沉静，流淌了几千年，流淌出了一片中华，灾难深重却不屈不挠的中华。

野鹰先生说，一座座大坝修起，河清海晏，于是大河不再流淌，黄河不再黄，这不是黄河本来的面目，一条不再流淌的黄河不是真正的黄河。当然，他知道建坝的好处，我也知道，所以无从反对。只是，这一座座大坝建起，黄河就不是当年的那个黄河了。当然，黄河也一直在变化着，即便没有修大坝，现在的黄河也不是当年的黄河，只是，对于这样的现状，清澈的，却不再真实地以本来面目流淌的黄河，不是我们想要的黄河，它让我们的感情寄托无处安放，我们只是感伤而已，无能为力，无可奈何。

我的工作中总是在不停地写南水北调、水系连通等，可是这是河流湖泊本来的面目吗？我们还奢望搞个天河工程，把三江源的暖湿气流赶到柴达木盆地上空，让它变成雨降下来，然后荒漠变沃野，五谷又丰登，可是这还是雨露原来的样子吗？人类智慧的发展在不断地让我们变成我们不认识的我们，我害怕。

黄河，我还是喜欢玛多星宿海的黄河，一个个小小的水泡子，一条条细细的河汊，在黄昏或者早晨的阳光映照下，被色彩缤纷的草原映衬着，五光十色，如同梦幻。

遥远的黄河，我怀念你，如此而已！

（2016 年 6 月 4 日）

到底意难平

连续的夜以继日，三十六集的《孙子兵法与三十六计》终于看完了。看着孙膑在夕阳下只身离去的背影，思及其中种种，心潮万千意难平。明明知道这只是电视剧，却依然是久久难以释怀。

孙膑是真诚而善良的，却也是不幸的，孤独的。与庞涓同学三年，到魏国后眼看就要被委以重任了，却遭遇嫉妒陷害。逃离到了齐国，明明立有大功，却频频被君主们抛弃，其中仍不乏齐威王这样的千古明君。相比之下，庞涓实在太幸运，被魏王授以全权而深信不疑。庞涓的有些作为甚至是有负于魏王的，这些事，魏王本人不一定一直都不知道，即便如此，仍然信任如故，包括送太子申去韩国做人质等，都是对庞涓言听计从，全力支持。魏国的强大，这大约是最主要的一个原因。面对一个个怀疑、掣肘，以及寡情薄义的君王，孙膑原本好几次都想归隐于深山，但是为了成就功业，他却咬牙坚持，坚忍奋进，换取了一个又一个胜利和成功。或许就是这种社会环境与氛围，才使春秋战国成了一个人才辈出、思想多元、文化灿烂的时代。

这部电视剧是2000年上映的，拍摄于二十世纪九十年代，仔细看下来，发觉拍摄是极其认真的，电视剧的情节当然要有编剧的创作，但是不得不承认，有许多内容是忠实于历史的，虽然那个时代的历史记载极其少。比如丑女无盐的故事，历史上竟然是实有记载的，编辑虽有发挥，却很克制。而且许多道具和语言也是很符合历史环境的，比如黄色的青铜剑，以及称呼宦官为寺人等。

而且许多人都是个性鲜明、形象生动的，比如邹忌的好与坏、忠诚与卑劣，公孙阅对钟离秋的爱，钟离秋、钟离春对孙膑的爱，禽滑对钟离春的爱，而且不因为孙膑足智多谋就配了一堆言听计从的手下和白痴般的对手，齐王的怀疑、韩王的怀疑、韩太子的争权、庞涓和公孙阅的聪明等，使得这部电视剧非常好看。

美中不足的是，因为导演和观众都站在了高处，如孙膑般聪明，所以其他的人都成了白痴，其行为也显得十分可笑了。这也是这一时代好多电影、电视的通病。

（2015年12月）

我所不喜欢的那些人

我必须要承认我是个挑剔的人。

平时读书上网，了解了许多人，其中的不少人我就是不喜欢，虽然他们的名头是那么的大，他们的影响力是那么的广。当然，他们大多并不知道我，也不必理会我喜不喜欢他们。

比如范曾，大约是当代最著名的学者，读书最勤奋的人，文章、学术、书法、绘画在业界都是第一流的，而且其几十年如一日的勤奋是足堪我尊敬的，可我就是不喜欢，只因为他当年与沈从文先生的一些过往等。还有余秋雨，读《文化苦旅》《霜冷长河》《千年一叹》等书的时候，我曾惊为天人，可是后来，好像在网上看到了一些关于他的什么事，便不喜欢他了，甚至有些厌恶了。还有释永信发扬所谓少林文化的一些做法，以及其他的一些人，我就是不喜欢，或者讨厌，虽然说不出过硬的理由。

可是最近，似乎有些不一样了。释永信说，是非以不辩为解脱，所以别人说什么他都是很少回应的，这显然是大德高僧的做派，虽然我从来都不觉得他是大德高僧。昨天，余秋雨在《开讲啦》里说到朋友、读者、婚姻等，说那些失去了的，其实本来就是不属于你的。我突然有些羞愧：当初因为文章，我是那么崇拜他，可是后来又厌恶他，或者我就是那个本该失去的群体里的一个吗？想到此不禁汗颜。

最近在看一些民国人物的过往历史，民国人物，尤其是民国的政治人物，是被历史低估了的，许多人被认为仅是个军阀、官僚的人物，其实都算得进大政治家的范畴，当然他们中的有些人也是有明显的劣迹的。写到这儿，想起了白居易的一首诗："赠君一法决狐疑，不用钻龟与祝蓍。试玉要烧三日满，辨材须待七年期。周公恐惧流言日，王莽谦恭未篡时。向使当初身便死，一生真伪复谁知？"而中国人修志时也有生不立传的传统原则。这些总到一起就是，我们的传统文化还是喜欢用一个标签去标记一个人的，如同小时候看电视剧，总是在问这个人是好人还是坏人，然后别人会很肯定地回答是好人还是坏人。人的一生是足够长的，一生里面干的事也是足够多的，在这足够长的时间和足够多的事件里，我们能肯定其中的脉络会是一以贯之的吗？

其实，我们总是喜欢以高的标准来要求别人，以低的标准来要求自己，于是这个也不好，那个也不好，到头来一个个都不好，于是信仰崩塌，偶像破碎，也把自己关在了死胡同里。放出来吧，放出来的不仅是他们，还有我们自己，承认他们的真实，承认他们的瑕疵，然后继续欣赏他们的勤奋和努力，依然去享受他们带给我们的丰富，我们也会变得丰富。

（2015 年 8 月 22 日）

第三辑 怀念

与你们的相遇
那些年里的那些事
我总难忘记
却常常来不及探望
亦无从回忆

怀　念

最近写的许多东西，不论能不能上得了台面，好多朋友都不离不弃地点了赞，有的还留下了或深刻或诙谐的评论，以及问候，让我感动不已。有才气纵横却不喜欢被称有才、因老加班累得像条狗的孔老师；有当年像个小屁孩现在变得知性而深刻的周文同学，当时他总是无休无止地泡网吧，无休无止地玩网络游戏，全班28个人，只有他总是不在课室和寝室里；还有沉浸在新婚幸福中的前同事德华同学，他总是很捧我的场，毫不吝惜对我的赞誉和恭维，他说我前几天晒出来的大学毕业求职自荐信写得棒；以及当初和我在西山上比邻而居，还陪我去或者说是带我去买铺盖等东西的小马同学，当时我刚来到大雪纷飞后的西宁，此前我及我家和西宁乃至青海都没有任何关联，我也没想过要来，只是胡乱地投了一份简历，打了一个电话，收到一条来面试的短信，最后就来了；还有我的小师弟，认真工作、用心读书的赵东同学，他爱好很广泛，读的书很多，包括传统文学、国学，现在经常邀请我去他家喝茶聊天，我说好，只是一直没去，主要是因为我太懒了。当然还有许多人，如网店正开得很火热的韩同学等。

玉兰花开

我无休无止地嘚瑟与矫情的时候，健兄也动不动就嘚瑟，也有一堆人在那儿给他捧场，却总因我的泼凉水而换来他的臭骂。我和他自初一的时候就认识，十七八年了，关系一直不错，来往不少，但是他的好多做派我越来越不喜欢了，包括和当时同样关系很好的一位，他俩的关系现在已经有点紧张或者说是淡漠了，我虽试图调和，却无能为力。二狗同学在平和的生活里认真工作，为了考一级建造师而认真看书，大学的时候我俩总是在一起上自习，前两天还发来短信称呼我为"二狗兄"，不像当年，在楼道里扯着破锣嗓子喊我二狗子，虽然这是我发明送给他的"光荣称号"，可是后来却更多地属于我了。他当时一脸或疙瘩或青春痘的东西，不知道现在还有没有。远在肇庆的光光还没有给我回信，这年头我还能用笔把字写到纸上寄到远方，他却还没回，大约是一直都没有合适的时机、情绪和状态吧。我清楚地记得，大学毕业离校去赶火车的那个晚上，临走前他出来和我拥抱时竟啜泣出声了。为了那个钟爱瑜伽的她而去印度修行、感悟的楠哥让我感动，而他的那一身肥肉却似乎还在，有时候打电话时居然特能聊，可怜我的电话费啊，当然有时候也是他的。大学的时候他经常从家里带来好吃的，或者是他家人给送来，给我们改善伙食。那年夏天午夜的池州大街上，曾和小纪同学一起聊过往和未来，上车后给他发去一条自以为是的短信，他却没回，一如往常的死倔，当年我睡觉有时候会打呼噜，他就用挂蚊帐的竹竿敲我的床头。小谭同学大概还是一如往常地认死理，所以也不太可能认同我说他认死理，时不时会晒出似他翻版的他娃的照片，充实而幸福。

凤哥越来越像个洋土豪了，但我印象最深刻的还是他喝醉后蹲在厕所里如同复读机一样不停地念叨："谁拿了我的手机，把我的手机还给我。"特别能侃的吴迪和我去拉萨时因为高原反应差点就挂了，但还是喜欢嘚瑟，时不时给我讲他洗净铅华的一套说辞。设计做得风生水起的黎大吹居然跑到了县水利局，我实在搞不懂他，正如搞不懂他热衷的宁波的计划单列市身份和他有屁关系——如果换个姑娘，这个"屁"字一定会被换成"毛线"，因为现在这个词好像很流行，这样也避免了说粗话——当然，他也一定不会认同我现在给他的称呼。缪半仙在他的易经八卦和阴阳五行研究上越发深刻了，当然可能还有些其他的，我不太了解，可我还是看不上他的那一套，正如他也看不上我的这一套一样，虽然我们都钟爱国学，喜欢掉书袋。也许多年后在红尘外相遇，他已成了五绺长髯胸前飘的老道，而我成了一个身着百衲衣的头陀，希望那时的他不测字算命，我不兜售护身符。唐铁牛还是那么气定神闲，派头十足，似乎他永远都是我们的班长和老大。樊大姐一会天南一会海北，沉静而美好，我还是愿意叫她大姐。有谁知道，她和老牛有一张在毛泽东故居的合影，坐在一方小几的两边，像一对地主老财两口子，或者等待儿子媳妇来奉茶的公公和婆婆，这话千万不能让姐夫和牛嫂知道，否则我一定会死得很难看。显阳兄是否还记得，好久没有人叫他黄大锤了。

发哥在他所驻的村里干得风生水起，眼里心里都是哈达铺，我搞不懂那么可爱的孩子，居然会取个那么土的名字，枉他还是学文的。我已经给好几个孩子取过名字了，可是他居然连向我征求一下意见的想法都没有，当然我也没有主动提起。雨萱同桌是否还记得，当初课堂上我们还一起用笔纸讨论过大刘老师裤子上的污渍是不是因为师娘没给他洗裤子，当年的那个本子还在我抽屉里放着。我们一起撮合吴胖子和某姑娘时她居然比当事人还忐忑，虽然他俩最终还是缘不够深。她当初是个文学青年，写过好多散文和诗歌，现在却还有一个身份——某个茶楼的老板娘，也许欧阳兄只是那座茶楼老板的老公而已。同村的常同学早已与我们天人永隔了，而我还深刻地记得小学的时候他有一支毛笔，毛很长，我很羡慕——后来我也买了一支毛很长的笔，可是发现不好用——他后来的一些际遇怕是用一个“唏嘘”概括不了的，而我也只能唏嘘了。万山兄还是一身肥肉，当初因老画纵段图而称他为张纵段，而他叫我魏钢筋，因为我那段时间老是在画柳园电站的配筋图，当时他总是和许多姑娘在那儿打情骂俏，我不是不想，只是不会。如果继续做设计，沉浸于人饮、灌区、电站、防洪等，而不是入了公门，我在专业上也许会小有建树吧——同德县巴沟乡上才乃亥村边上还有我设计的处女作，是黄河边上的那座泵站和那个人畜饮水工程——和我一起进黄河公司的王姑娘早已很有心得而时常被我称为王大拿，最近她越来越文艺和安静，有些要成为女神的节奏，越来越不像女汉子了。这话其他的姑娘们也可以好好看看品品，女汉子也是可以成为女神的。当然也许留在那儿，此刻我有可能已不在青海了。小孙还是那么瘦，应该是吧，好久没见他了。小苏说委屈了，大约是碰上不开心的事，又没有地方去说，所以只好自己去扛吧。她前两年很咋呼，现在沉稳多了。五一路的石兄大概还是很享受那份忙碌，那年我曾很努力地去学他的聪明与机敏，但是终究还是没学会，以后一定也学不会的。飞哥大约还是那般憋屈，那般拘谨，不知道哪一天他放开后会是个什么样子。小董的柠檬水不知道是不是还在喝，我喝过，太酸了，受不了。小巨同学听说很享受现在的状态。这两天整理旧物时找到一本水电规划，装帧漂亮而考究，里头不长的编写人员名单里有我的名字，那段时间老是去胜利路的地调院画图，那儿有好多姑娘，年华正好，后来时不时还会碰上，如今过去好久，不知道她们都还好吗。

在微信里装嗲自称泉泉的那个胖子不知道除了踢毽子和玩他的那个莫名其妙的滑板外是否还玩点其他的，他前段时间曾请我吃过一碗面，看在当时那儿好多家饭馆都没饭了，并且他是看着我吃的份上，本老抠就不再老念叨他居然那么抠只请我吃碗面，别说加肉加蛋，连盘土豆丝都没有。刚才和吴迪瞎掰了一阵，他最近又在一些甘肃或贵州的小姑娘身上费心思了，只好臭骂他身在杭州却要找土妞，虽然我也是甘肃的，并且我对这两个省都没有偏见，亦相信这两个省也有许多惊艳的女神，当然也不乏土妞。山东梁山的范大师还时不时管我称公公，因为本姓史上那位陪朱木匠做家具的性别待定的名人（魏忠贤），对此我无能为力，只是恨得牙痒痒，谁叫他家是梁山泊的，而我又短于拳棒。

王弈是否还记得，他当年那么娘，现在还是那么瘦，曾有过一个姓王的不太确定是经管院还是人文院的兰州姑娘，是我先认识的，却和他发生了许多故事，我发现我尽干这样的事，无比狗血。毕业的那年，有一次应邀陪着同在法律辅修班的紫轩同学去参加招聘会，中午还一起在外面吃了饭，而不是在食堂，也许我俩之间可能会发生点故事，但当时同为法律辅修班的健同学正在围着她忙活，所以我只好靠边去凉快了，但是其实我也可以不去靠边凉快的，我总是混淆他到底是姓陈还是姓崔。作为大学时代杂志社驻学校记者站的一个特约记者，我只发表过半篇文章，却十分认真地注意过一个姓冷的姑娘，她的眼神和姓氏一样犀利，我总是很忐忑，那篇虽然没有我的名字却有一半属于我的文章曾引起过她的注意，还曾问过我，而我回答说只是给老大提供过一些素材，如果当初我臭嘚瑟一把，也许会有些故事发生吧。有谁记得小梅是一个姓梅的陕西商州的哥，而不是妹，他的名字里竟然还有一个石字，他说商州人并不喜欢贾平凹。长得有点像那英的马班长一直那么强势，前两年有些颓废失落，这两年好多了。她留给我最深的印象是用右手食指指着别人训斥的形象，我说她手指头伸得不直，中间有点弯曲。

把好多人都划拉了一遍，对许多人的许多说法他们不一定会认同，也许会招来一堆臭骂，但大约还不太会挨打吧，那就成。

还有许多人没有划拉到，不是没想到，而是没想到合适的称呼，因为我在这儿不大喜欢用本名，也因为你们虽有许多故事却不大适合写在这儿。划拉到的和没有划拉到的朋友们，我还记着你们，还在怀念我们的过往，合适的时候去看你们，希望你们都好！

（2014 年 8 月 7 日）

写给永远定格在那一刻的青春

昨天下午听到一个消息，原来工作过公司的车在出工途中发生车祸，两个小伙子遭遇了不幸。想问却找不到合适的人，打了几个电话，要么不通，要么语焉不详，不好再问了。晚上睡觉，梦里全是与此相关的场景，早上起来洗脸刷牙的时候心有所感，擦完脸便坐到了书桌前，找出一张纸，拿起笔，写下了一首诗——写给永远定格在那一刻的青春——或者算不得诗，因为内容太凌乱，太没有文采了，只不过是写出了些内心想写的杂乱而不成体系的话罢了。

冰河流淌

这件事一直牵动着我的心，让我不得安宁，于是又打了几个电话，得到的消息却是这两个年轻的生命已经和我们永世相隔。他们太年轻，参加工作的时间太短，以至于我还不能确定是否听过他们的名字，更想象不出他们的形象。可是，这么年轻，就这样离去了，留给我们难以穷尽的惋惜，留给家人、朋友们永难忘记的痛惜，绞剥着每一个生者的内心，让我不知道该怎么完成这一篇文字。

他们与我，当然不是出生于同一片土地，也不是修读于同一个学校和班级，但是他们和我一样，都曾经同样地读过同一类的书籍，后来又从事了同一类的工作，测量、计算、设计、画图、写报告。他们和我一样，曾工作于同一个单位，拥有同样的身份，在同一片高原上奉献着自己的青春。同样作为水利人，他们和我还陌生吗？我想一定不会的。所以他们的离去，当然地该引起我的关注，如果说成是兔死狐悲，怕是有些悲壮，但是又何尝不是啊！我们做的都是同样的事业，同样奔波于这片山谷沟壑之间，同样是为了这里的人们喝上干净的水，让这里的山更绿，水更清，树木和庄稼都更茁壮。

中国千年以降，历史大多由白骨垒成，而与大自然直面的水利史更是如此，一朵朵大江大河的浪花下，埋葬着一具具的尸骨，一道道的大坝水闸下，填筑着一个个被充当了土石的躯体——或许还没有发明砂浆水泥的时候用以黏合石料填充缝隙的动物血就是人血的替代物，其发明的肇端也源自某一个鲜活生命的陨落吧——他们也都曾经是活生生的生命，也曾是春闺梦里人，也曾有无比美好的青春，然而就在那一刻定格了，湮没于流水黄土，永不回来。

如同早上的那首诗，这篇文章我还是不能把它写完整，虽然他们和我很陌生，但我还是不能免于叹息和哀婉。每一个人都应该拥有美好的青春，可是他们的青春却要在这一刻定格了，或许他们还是很稚嫩的面孔，还是不谙世事的愣头青，或许是傲气冲天的意气书生，或许还很拘谨，或许……没有或许了，他们已经只是在遥远的地方微笑地看着我们的一缕清风了，已经飘过去了，永远地飘过去了。

也好，这个雾霾沉沉的世界，离开就离开吧，至少你们不会再有煎熬和纠结了，因为我相信，在你们的身后，我注定会看到一些我不愿意看到的东西，包括人性的残忍和唯利是图等，你们可以幸免于这些事了，挺好。但愿在另一个世界里，你们可以面对灿烂的阳光和美丽的笑容，可以纯粹地活着，可以自由自在地做你们想要做的事，面朝大海，去享受春暖花开吧！

（2014 年 9 月 20 日）

年末随感

2014 年过去已经四十多天了，可是我总觉得还欠着它一篇随感和一首诗。一直想写，却一直没有动笔，原因很多，无从说起。

我的 2014 年，是背着过往中的一些沉重与阴霾开始的，虽然心结早已打开，但时不时还是会记起。其实自从 2005 年以后，我就变得很忧郁，总会自觉或不自觉地叹息，如今则尤是。其实谁的命运和生活都有喜怒哀乐，我只不过是把自己的看得更重要了。

这一年是怎样开始的，我已经不十分清楚了，但是我记得这一年的春节是在千里之外的那个地方度过的，其实我不喜欢那里，夏天太热，冬天太冷，方言也不好听，但是因为有长兄在，那里便和我有关了。那个地方因为这一年里一个孩子的降生，让我十分高兴。当时发了一条微信朋友圈，用了“家门有继，往生者定会欢慰”的措辞，也因此收到“你可以安心地出家了”的回复，并说这是我最大的包袱，颇有些无语，其实我的包袱是袈裟披肩难，二者虽有关联，却大不相同，或许颇有些矫情。当然，因为他的降生，我也收到了更多的关怀，实难承当，支吾应付。

这一年里，我变得更感性和率性了，想去些什么地方，常常是背起包来就走，可是还有一趟湘南之行，早已计划了很久，最终还是没有成行，用一句话说就是：湘南不远，是我太懒。当然这后面最好再加个省略号，因为有些东西，我不太愿意说起。还欠着一趟敦煌之行，我要去寻找莫高窟里的空灵，佛爷常书鸿们的足迹，一定要去的。因为背起包就走的缘故，旧友故人见了好多位，可是因为时间的隔阂，许多时候竟然已不知道该说些什么，于是常常陷入沉默中，虽不尴尬，却不是我想要的。也因此发现，有许多聪明机变远胜于我者，生活得亦不十分愉悦，如我般自以为是又不合时宜还死倔至极者，孤身在外多年，而没有被饿死、欺负死、挤兑死，实在算是个奇迹了。而以我的不善经营，却还时时得来许多新朋故交的问候与致意，着实有些不可思议。

这一年的情感经历，一言以蔽之，无比狗血。一些过往其实还是难以忘怀，所以总是欲说还休，于是变得更加操切而急迫，少了定力和勇气，还有执着，当然也在坚持并实践着一些自以为是的理论，无关对错，只是自己相信。这一年里，我的生活开始越来越没有烟火气了，玩味痴迷的东西，离大众生活越来越远了。我不敢具体地点出来是什么，其实也可以透露一两点，比如用紫砂壶喝白开水，用开瓶器做镇尺。另外还有一些想法，等待合适的时机去实现吧。

当然，这一年里也越发感受到时间的飞快，可是留它又留不住，随它去吧。突然发现，我写东西虽然改不掉矫情，却还是可以不“凄凄惨惨戚戚”的，可以不把自己弄成个怨妇的，挺好。最后诌两句吧，算是个结语。

日光月华枉轮转，
花叶交替年复年。
当初曾见沧海阔，
从此常记巫云天。
奔忙每日刀笔事，
聒噪不免鹿马言。
过往的事何须说，
且执独钩钓江寒。

（2015 年 2 月 10 日）

2014年，我这样走过

日月光华，旦复旦兮。2014年匆匆走过，蓦然间，发现这一年的光阴已然所剩无几，内心一阵阵恐慌、忙乱。

这一年我是怎么过的？这一年里，我都做了些什么呢？不得不开始这样的思考。因为每天都在忙碌，但是到底忙出了什么，我还不十分清楚，忙出了多少成绩，我还很没有自信，是该好好梳理梳理、盘点盘点了。

这一年里，我在不停地写，各类公文材料，各式随笔杂感，写了许多的东西。公文材料的遣词造句还是那般笨拙，甚不合自己的期待和领导的要求。自己的文风，还是那么絮叨，甚至连自己也都开始厌烦了。但毕竟通过这些文字，完成了该完成的事务，表达了该表达的情绪，基本达到了初衷，不宜再念兹在兹，执着于过去了，所以还要继续写。当然，也是在这一年的书写里，一些或粗劣或浅薄的文字侥幸刊载于报端，慢慢地，有了些自信，少了些妄自菲薄，觉得还是可以写一些文字，得到认可和鼓励的。而且因为这些文字，我的人生和思考也越发宽泛了。突然想买一本字典，买一些工具书，因为发现需要学习的东西很多，该认真地去学习些东西。当然想要学习的东西更多，比如以前曾说过想学二胡或者京胡，拉一曲《夜深沉》，只是有些东西可以等一等，有些东西是马上就该学的。只要今天比昨天好一点，明天比今天好一点，哪怕都是一小点，我们就是在进步，慢又能怎么样，只要不忘初心，孜孜以求，就一定能有丰足的收获。不是有那么多人和车常常被堵在路上吗，可是有谁没有回到家呢？

这一年里，我还在不停地想，想与水利有关的许多事，想与人生、理想、感情相关的许多事，想其他的许多事，然后或陷入抑郁，或充满活力，或像个傻子般开怀大笑。突然发现，即便再苦再累也要微笑，即便生活得怎么美好或不美好，都要想象得更加美好，只要心存善念，理解他人，照顾每一个微末的愿望和梦想，我们就一定会生活得很快乐，哪怕笑容里有苦涩，也是笑容，而且或许更耐看、更生动且更能感染他人。不计较获取了多少，而更关注给予了别人和世界多少，我们的内心一定会无比强大，无惧风霜雨雪，无惧艰难困苦。当然也想着让自己再平和一些，再少一些急躁，少一些忙乱，少一些武断与自以为是，更加沉静地工作和生活。

这一年里，我也在不停地阅读，图书馆至少一个月去一次，还两本书，再借两本书，然后花上一个月的时间，去读这两本书，睡前的灯光下，周末午后的阳光里，安静地读，安静地思考，然后感到通透与舒畅。让习惯了世俗生活的自己在这或长或短的时间里，脱离庸常，得到些精神的升华，甚好。当然有些书还是看不懂，有些书还是读不下去，那就再读别的。因为读它不是为了考试，不是为了写材料或论文，所以可以随意地读，不用去管会有什么收获，即便安静地享受这个过程，也是一份厚重的收获，不是吗？

2014 年里，我没有变得更聪明一点，即便以前也本不聪明，却似乎变得明白些了，开始克制不良情绪，开始体会和理解别人的不易，尽量用微笑去替代抱怨，用沉默与反思代替不满和指责，把不好的事用好的文字和语言说出来，把好的事用更好的文字和语言写下来。当然，似乎还是在倔强地坚持一些东西，比如不谀不媚，比如独立思考，等等，这或许是出于习惯，或许不只是出于习惯。开始深刻地体会到，有一些东西，哪怕不十分好，不一定很讨人喜欢，但还是有坚持的必要和愿望，所以还会去坚持，用以擦拭心中指引方向的明灯，去照耀脚下的路。

2014 年即将过去，我渴望有一场大雪，纷纷扬扬，铺天盖地，把这个世界的所有美好和不美好都包裹在这漫天飞雪中，把一片洁白呈现给世人，然后在雪地上踩出清晰的脚印，开启 2015 年的路程。当雪化成水，汇入河，流入千家万户，润泽树木花草时，我的青春也定会在那里闪耀光芒，灿烂夺目。

（2014 年 12 月）

那年曾是水普人

若不是看到数据成果正式出版，我大概不会想到水利普查。一套五册的青海省第一次全国水利普查成果丛书，装帧印刷质朴大气，铜版纸的书页，厚重而精致。急忙翻阅，竟然在好几处发现了自己的名字，还发现了自己的一张照片，一阵阵惊喜，当时工作过程中的点点滴滴随即涌上心头……

大美青海是有足够的丰富可以让我尽情讴歌的。

虽说是客居于此，而非土生土长，我还是喜欢青海的山山水水，如同喜欢许多地方美好的山山水水一样。当然这种喜欢不只在于它的美好，还因为它与我有关。因为水利普查及之前的一些工作机会，我曾频繁下乡，以至于仅仅四五年的时间，足迹就遍及了全省四分之三以上的县份。

高原上的山

因为水利普查，我去过果洛，惊异于堪比九寨沟风光的玛柯河两岸的绿水青山仍然是藏在深闺人未识。沟谷边色彩斑斓的绿树黄叶、青草红花，清澈的河水，明媚的阳光，让我心旷神怡。还有路过而未去、号称“天神的花园”的年宝玉则，透过图片资料，就真切感受到它逼人的美丽与神奇。

而玉树，则是从参与地震灾后重建起就常常在心头萦绕的。一两年的时间里，断壁残垣早已有了大的改观，虽然在如火如荼的建设中，却仍然是一个不成形的城市。可是巴塘草原以及其他的草原，巴塘河、扎西科河以及其他的河却不管这些，依然把伤痕累累中坚韧的美丽热烈地呈现给人们。汽车开过时，或深或浅的绿色以及万紫千红，顷刻间飞入眼底，浓郁的花香、草香味幽幽地钻入鼻孔，让人一阵阵迷醉。

青海湖的湛蓝和辽阔每每出现在行进的路途中，突然间映入眼帘后就会久久地停留，几朵白云如棉花般飘在和湖面一样蓝的天上，水天一色，顿时消弭了内心的一切烦恼。门源的油菜花海则是以另一种颜色的辽阔冲击着人的心脏，厚实的金黄，在雨露的滋润和河水的灌溉下，热情地展示着生命的张力。这花海从身体所处的地方扩散去，直到被高山阻隔，视线之内，嫩绿为底，新黄为盖，在天地间充盈着。

门源花海

那么多的名字背后有那么多的面孔，虽然有许多人好久未见，却还清晰地印刻在脑海中。

普查成果丛书第一册的名单里，有一个黑框是那么的刺眼，框里的人名叫王武龙，是当时的记者、信息组成员。这是个一口乡音的陕西人，不突出，不显眼，如果没有一些合适的机缘，包括我在内，很多人可能都已忘记，毕竟他已过世两三年了，而当时我们一起下过乡，写过材料，我曾向他拷过照片。

省水利厅水利管理局的丁金水高工大约算得上青海省水利普查最全面的专家，当然在不少同事眼里也是最犟的那一个。工程、河湖、水保、行业能力、经济社会用水和地下水等，水利普查所涉及的各个专业，他都进行过极认真的钻研，常有不太清楚的问题去问他的时候，他总能把来龙去脉、前因后果说得清清楚楚。整个普查阶段不少的讲话汇报和综合性材料都是出自他之手的。他总是习惯叼着一支烟，泡在办公室。

碧水幽幽

综合组的李树宁科长则是参与全省水利普查时间最长的一位，试点开始的时候，他就是成员之一，到公报发布时，他还在其中，而到后来的成果丛书出版，许多时候，就是他一个人在忙碌。没有几个人知道，那次去果洛下乡时，因为车祸，他裂了两根肋骨，当时并没有发现，只是觉得胸闷难受，后来体检才知道，调养了好久，不知道现在是不是已经痊愈。

西宁市水管站的陈丽娟站长负责着工程组的工作，手下没几个人，却有一堆事，来省普查办时经常行色匆匆。共和县的陈生军身上总带着一个U盘，里面有全县工程的所有资料。玉树的仁增昂江、果洛的龚敏、海北的冯兴中、刚察的冬曲、海晏的郭鑫、门源的徐娇妮、湟源的孙士方、平安的韩燕、化隆的魏真…… 那么多名字一时竟都涌上心头。

我是一直都有三尺讲台梦的，而水利普查竟然成全了这个梦。

大约是从清查登记阶段中后期起，我便开始负责省水利普查办的农村供水工程。给州县的普查指导员和普查员做培训时，我就成了这个专业的授课人。在兴奋忐忑中接下了任务，紧张地备课，做幻灯片，一遍遍翻书查资料，一遍遍修改完善。西宁宾馆的会议室里，面对着近百名学员，不少是比我年长十几二十几岁甚至三十来岁的。讲课在埋头操作笔记本电脑、念幻灯片文字中开始，庆幸的是台下的这些全省水利系统的业务骨干们宽容地接受了我。慢慢地敢抬头看他们的反应，敢看他们的眼神了。一个多小时的授课总算平安完成，内心如释重负。第二次在雅荷花园酒店会议室的授课则熟练沉稳了许多。后来有一次和省水利普查办的同事们去班玛检查时，县普查办年轻工程师小白管我叫老师，竟让我错愕了好久。我很清楚地记得他的名字叫白永德，白净、谦恭而帅气。

给别人做培训前，少不得自己要去接受培训，和国务院普查办的老师、全国的普查同仁们共同学习探讨，充实而热烈。那年去安徽合肥参加国普办的培训，趁着培训的间隙，去看池州的大学同寝室舍友纪海，晚饭狂啃小龙虾、大口灌啤酒之后，夜晚炎热，就在他家的阳台上打地铺，聊过去的大学生活、当时的工作生活，以及关于各自的所思所感、内心的困惑与彷徨，一阵阵唏嘘，一阵阵慨叹，或许因为我们同是水利人，在一个寝室里学习生活了四年，或许还有其他吧。

盐湖大厦的集中审核修改紧张而忙碌，除了吃饭睡觉就是一刻也不停地盯着一堆普查数据。四楼会议室的汇总审核工作夜以继日、紧锣密鼓地进行着，甚至时常边吃盒饭边工作。一次次地检查督导，一遍遍用脚步丈量河谷溪流……

那年我们做水利普查，那年我二十七八，我怀念它。

（2015 年 10 月 22 日）

北塬渠旧事

家乡的北塬渠在我没出生时就已建成了，现在还在，我时时想起。

我家在陇西南的一块塬上，山清水秀，风光宜人，土地肥沃，庄稼茁壮。但这里原本是缺水的，老人们年轻时经常翻一座山去六七里外的杨家河挑泉眼里流下的水，泉水甘甜，日子却艰难而苦涩。后来北塬渠紧挨着村子流下，庄稼得以浇灌，人畜吃水也不用再到杨家河去挑了。每家门前或院里都挖有一眼井，北塬渠的水顺着村里的小渠沟流下来，储到井里，方言称之为“放井”。井水澄上一两天就清了，可以打上来用，一井水能用大半年。井因而在家里也有了举足轻重的地位，端午房门上插杨柳枝，除夕贴钱码（用黄表纸印成的纸符类的民俗装饰物），井口上也是不能遗漏的。

修北塬渠那会儿是个什么情形我是不了解的，只是听老人们常常说起“上大干”去修渠，所谓“上大干”大约是基于“大干多少天，建成北塬渠”之类的口号。后来土渠改混凝土渠的时候，去参加义务工还用“上大干”的说法。当时的确可以称得上是大干甚至苦干的，因为在机械缺乏的年代，那些渠道都是沿线的农民们用铁锹一锹一锹挖填起来的。自己修的渠道总是格外爱惜，不少的老人们到后来看到渠道有损坏时还会自己去修，见有人有意无意地破坏也是要说的。

北塬渠以及和它有关的故事我听了不少，可是在父亲没有故去之前，我还是没有太深刻的意识，哪怕是我成了水利专业的大学生和父亲成了北塬渠的水管员的时候。只知道每年要给地里浇好几次水，六七个月了要放井，当然后来修了管道，引来了杨家河的泉水，自来水通进院里，就不用再放井了，端午、除夕时井口上的杨柳枝和钱码也转到了自来水阀门井口上。大年三十晚上刚交过夜时母亲还要接一桶自来水，说是接龙王爷什么的，彼时到处鞭炮声一片，震耳欲聋。

开春以后的乡村生活是生动而有趣的，对于农家孩子而言，少年时代还是颇多欢愉的。除上学之外自然少不了干农活，放羊、割草、浇水、种麦、收割、打碾之类，里头有无尽的欢乐。杏、梨、桃、萝卜、葱、豆、麦穗等，好多东西从刚刚结实时就开始吃，一直吃到成熟收获，大多数的时候，不一定有凑手的水，只是拿手搓一下就吃，一般不去洗的，但酸甜辣涩各有滋味。烈日当空的夏日午后，男孩子们照例是要去渠里戏水游泳的，当时的称谓是“打搅水”，方式以狗刨为主，时不时有或白或黑的屁股露出水面，出水后身上、脸上、头上都会粘上一层极薄的泥，因为原本水就不清，土渠的淤泥又因狗刨翻腾起来。回家后爹妈问起有没有去打搅水，照例撒谎说没有，不少就会被抓起胳膊卷起袖子，用指甲轻轻刮一下，有白印就证明是撒谎了，少不得挨顿揍。至于那个证明方式对不对，我是不知道的，大约对吧，乡民们是深信不疑的，其实被刮胳膊的都是嫌疑极大的，言谈表情早就泄露，怎不十拿九稳。打麦时节骄阳似火，中途在树荫下歇息，十几个人若能有一个西瓜吃，就很高兴了，尘土混着汗水和西瓜水在脸颊、手背上流出泥水线时，彼此对看，飞出笑声一长串。

外面的世界那么大，可是农家孩子知道的却那么少。那时候以为乡里就是个无比大的衙门，当年选择专业也没有太多理性的参考意见可以听取，凭着感觉选了水利，开始了大学生涯，结果证明，选的还不坏。远方的大学和远方一样都令我那么好奇，也是在那时才知道真实的水库是什么样的，从河里向渠道里引水是怎么引的，记忆里那么熟悉的跌水居然是那么两个字。

父亲做水管员以前，兼有这份差事的农民很受沿渠好几村人高看，因为渠道常坏，不知道什么时候修好，排在后面的村子和农户的地常常浇不上水，只好等下一轮，而浇水错过农时常常就是歉收的前兆。有些和水管员关系足够熟络的人还会在下游的村子浇水的时候，要来斗门的钥匙，夜幕降下后悄悄打开斗锁，提起斗门，偷水浇地。有些不贪心的斗门提得不高，不易被发现，浇完后放下，锁上，好似什么事都没发生。有些下手有点重的，不免被守水人觉察抓住，客气点的软磨硬泡，耿一点的难免被拳脚相加了，少不得还得去水管所评理。可是到了父亲那会，水管员风光程度大不如前了，因为渠道好了很多，不管你怎么排，基本能保证按期浇上水了。

后来，北塬渠成了父亲殒命的北塬渠，而那一丘孤坟就在渠道不远处的山坡上。再后来，长兄在外省结婚生子，而我也在外就业，从事水利工程设计，灌区续建配套与节水改造、小农水重点县、土地整理等，天天画引水口、渠道、斗门、跌水、车便桥的设计图，写设计报告，不时加班，偶尔被催得焦头烂额，却忙碌而充实。等到忙完一天的工作，夜深人静的时候，偶尔看看窗外，想起过往，然后眉头紧锁，眼神低垂。有时候回去，常常会木木地看看那座坟包，看看那条渠。天依然如少年时蓝，渠水也依旧在流，渠岸边的大柳树们都已被砍去了，几米外新栽的新疆杨、柳树、洋槐们正在疯长。渠道早已是钢筋混凝土筑成的了，少有淤积破裂，顺直而平整，水也清了不少。大约到了前年，田间的土渠也被混凝土渠道代替，地头上有个小斗门，装了刷有蓝色油漆的小闸板。路边是一座座的塑料大棚，高大而整齐。回到家，听母亲讲起，大棚是县里统一修的，交给村民承包，种辣椒、西红柿、黄瓜、茄子、韭菜等，比种麦子、玉米、土豆辛苦多了，可是收入高，一户一年收个一两万块钱不成问题，比原先几百上千块钱的收入多多了，好多外出打工的人又回来了，轮到管大棚承包的人风光了。

记得当年有一次聊到“风雨送春归，飞雪迎春到”的诗词时，父亲对着我和哥哥幽幽地说：“待到山花烂漫时，我就在丛中笑。”如今他眼中的山花们早已散落天涯，而该丛中笑的那个人，不论在哪个丛里，我永远也找不见了。

（2015 年 12 月 5 日）

匆匆而过的那些年

匆匆，时光飞逝，匆匆，年底来临，我突然间百感交集，心潮难平。

无论人有怎样的喜怒哀乐，时光总是不管不顾地悠然前行，那么温暖，却又那么无情，以至于让我有些疑惑：我到底要不要再去回忆和怀念曾经过去了的那些年华？

过去的这几年，是我人生中最有感触的几年，让我总是欲说还休，罢言了又想开口。在一些文字里，我曾许多次地引用和化用作家阎真在小说《曾在天涯》里的话：“曾在天涯的日子里发生的那些事，没有人知道，对世界也不重要，只是自己是忘不了的。”在日记里，我也曾这样写：“我用半年的时间完成了跌倒，然后用两三年的时间努力去站起来。”我总是这样语焉不详地叙述这些事，是因为自己在意，而且还没有真正走出来，当然也还有其他的考虑。此刻，也许是该把它写出来，说开去，然后不再絮叨，安心安意地做自己该做的事了。

其实是很简单的一件事，因为当初谦恭的微笑和认真做事被人看到，得到了一个他人看来都难得的机会，于是踌躇满志，孜孜不倦，“为伊消得人憔悴”，最终却事与愿违，回到起点。于是怨过己，怨过人，表现过自己的过度敏感，也经历过别人如刀的眼神和有意无意的奚落嘲讽。可是因为没有退缩的余地，也只好甘苦自饮。庆幸这么几年来，总算还没有太过荒废年华、蹉跎岁月，却因此更加发现了年少时的无知和轻狂，了解了许多人的不易与艰难，也学会了些理解与宽容，以及知足与感恩。经历人生起伏，本应该更加看清世人的无情，可我仍然没有发现多少人有多不好，反而发现了还有一些人是真好的，也许是因为我生性懵懂吧，这也没什么不好。当然有时候我会给这份懵懂以本性善良的借口，不知道能哄骗多少人，至少我自己有时候还是相信的，也不坏。而且也越发坚信，经历永远都是人生最宝贵的财富，因见高山，始知田野辽阔，经历挫折，更能磨炼心智，曾经的每一天都不会白过。

过去的几年，是我的二十几岁到三十来岁，我生命中最宝贵的年华，也是心智慢慢成熟的时候，我开始了更加频繁的行走。假期时不时就会回一次出生的地方，去看看那几丘坟，去看看那些渐渐苍老了的亲人，无论之前有怎样的不如意，都发现一个个变得那么的温情，叫人有了热泪盈眶的感动。当然有时候还会坐上汽车或者火车去看山看水，我们的所有都来自大自然，是该用敬畏和好奇的眼神，去看看那些文明和生命起源的地方。一次次看，一次次感触大自然的鬼斧神工和造物主的精心构造，然后心胸开阔，热情满怀。

这些年以后，某姑娘终于有了合适的归宿，当初以为是忘不了的，如今也能各不相扰。曾经的点点滴滴都在，如今却在心底掩埋，也挺好。还有生命中出现过的一些人，来了去，去了来的，有些还记得，有些已经淡忘了。虽然多年蹉跎，却终究还算没有太辜负岁月，明天还是可以大有希望的。

站在这个年份跨越的十字路口上，未来的人生里，该有些什么样的日出日落，我不知道。但是有沉甸甸的昨天在，有内心的温暖在，有对世界的好奇在，有渴望美好的希冀在，就一定会过得更好，这就足够了。哪怕时间是匆匆的，毕竟已经留下了我们坚实的脚印，不是吗？明天依然会好的。

（2015 年 12 月 27 日）

关于即将逝去的2015年

再过三个多小时，2015年便成为过去了。为了纪念它的逝去，我觉得该写点东西了，虽然我到现在仍然不是很清楚到底该写些什么东西。其实我本来是准备昨天要写点东西的，因为它不只是这一年的倒数第二天，还和一个人的故去有关。我的文字里，有一些东西是刻意回避，却又欲说还休的，比如和他相关的一些东西等，因为这是属于我很个人的一些事情。

这两天活干得昏天黑地，连续的会议，连续加班整理东西。做会议记录把我的字一毁再毁——当然我的字本来也很是不好，除了偶然的一刻会很工整外，大部分时候是不堪入目的——手指也是疼痛不已，却竟然还不能记全，真的不知道该上哪里说理去。人道“千古文人策士梦”，难道这就是我该拥有的人生吗——其实我又是哪门子的策士啊，连贾雨村手下葫芦僧小门子都赶不上，如同打着演职人员名义的杂役一样，似乎可以以艺术家的名义自我陶醉，事实上可能只是扛道具、拉大幕——不知道该如何回答，也无处问询，那就不想了吧，该干什么干什么，让干什么干什么吧，一天天、一年年过得那么快，哪有那么多工夫去想这些啊！

或者该盘点一下2015年了，可这显然不是我所喜欢写的东西，什么成效、什么亮点是用来说工作的。做了多少工作、增长了什么才干等写在个人考核表里都会感到汗颜，更何况写到这里。所以实在是无从盘点，无可盘点的。因为我拥有的似乎都不是我所渴求的，而我想要的东西似乎永远都是那么遥远，不要问我为什么没争取之类的，我不想做自我剖析，也不想提努力的方向和整改的措施，因为这不是民主生活会，而且我也自以为是地认为存在的问题没那么多，整改的事项仍然是那么少，好与不好都是我的之一，改也不一定能改过来，甚至还是懒得改，或者不愿意改的。

如果真要说些什么，那就是行走，因为我越来越发觉我似乎命中注定要漂泊的，所以老是渴望去远方，去看那么大的世界，或者是那么小的山溪和村庄，以及茂密或者荒凉的山峦、丘陵和平原、戈壁等。值得庆幸的是还出去过几次，见过雪，淋过雨，挨过冻，发过抖，晒过大太阳，流过水一样的汗，迷过路，误过车，上过当，捡过石头和沙子，逛过大街和小镇，以一堆扔了的和还没扔的票单及几颗石头、几把沙子等为佐证。当然还吃过小吃，比如馕、驴肉黄面、臊子面、野蘑菇辣子鸡、生氽面、新疆拌面等，还看过许多的风景，以一些照片为证。

时钟又往前走了些，离2016年已经不足三个小时了。这似乎是个感触涌集却又非常尴尬的时刻，毕竟以秒来倒数显然太早了，可是不管不顾它又会在指缝间溜走，如同我们尴尬的人生。突然发现我开始频繁地用“人生”这个词了，以前的我是不这样的，说不来是什么原因。

都道是“文必穷而后工”，可是我的文字仍然还是这样的乱七八糟，无从说明，无从辩解。2016年马上就要来了，就让它来吧，毕竟挡也挡不住，就以这不咸不淡的文字，来迎接这个不尴不尬的2016年吧，因为2015年里的好和不好，它仍然还会继续，并不会以年份的转换而发生变化，明天的太阳还是那个太阳，不是吗？随它吧。我们只要做自己该做好的就好，其他的就该留给岁月了。

（2015年12月31日）

第四辑 絮语杂感

一片黄叶落下
一颗星星亮起
只是你未曾看见
滑落我眼角的泪滴
转身之间
流转了几个世纪

写在清明前夜

故园牡丹正艳

近日杂事繁多，诸般纷嚣，心力交瘁。脑前脑后，许多繁杂，不时丢三落四，更添忙慌凌乱。事多了，就难免要分个主次，但微不足道与非常重要只在当事者，与己有关则非常重要，与己无关则似微不足道。可是鲁迅先生说无穷远的地方有无数的人都与我有关。于是所有的事都变得非常重要，而总难分出一些微不足道来。而且我本心又颇为操切，所以也不知道是否是庸人自扰，反正对自己而言是忙乱异常。

母亲说过些天要回家，今年有闰月，清明的时候要给父亲坟上填些土，拾掇整治下。每年的忌日和诞日，如果不被忘记，我总会写点东西，或长或短，当然不会让她知道。而在她的眼里，只记住了我总不烧纸，我总说我爹知道他儿子，不会计较的，在心里默念“祭如在，祭神如神在”，别人有别人的方式，我也有我的方式，不去辩解孰优孰劣。我还在想着，过几年之后，要把那个坟头平了。多年以后，我化为一捧清灰时或许会撒在那儿。

清明节大概是又回不去了，只好任凭那座孤坟在记忆里荒芜。近九年的时光，那里的草已长得很密很高了，若栽上棵树，想必也很粗了吧。当年我还年少轻狂，如今却已半头青白丝，少了许多争强好胜心，却又多了些傲骨嶙峋与不入流，或者说是隐藏在骨子里的傲气吧，是刻意而为还是在不自觉中养成的，我也说不清了。堪回首还是不堪回首？反正回不到过去，想它做甚？

昨晚突发奇想，以“当年我阔过”为题，写下了如下文字：

“当年我阔过，那时候我爹是村长，我是村长儿子，我娘是村长媳妇，大黄是村长家的狗。

当年我阔过，每年过年我家都能吃饺子，白菜馅的，和了猪油。平时我爹和我每天喝过棒子面糊糊后都能在出门前在门后面挂的那片猪皮上蹭一下嘴。

当年我阔过，玩过家家的时候，我可以让村里最漂亮的二丫做我媳妇，狗剩不服就叫拴柱揍他，叫大黄顶他，直到他喊我是爹，喊二丫是妈，然后在那儿哈哈大笑，觉得那就是最幸福的生活……”

想发到空间里，怕惊着别人。我爹当然没有做过村长，我的圈子里也不曾有二丫、狗剩和拴柱们。不知道为什么会写出这样的文字，肯定是想要表达一种情绪，但想不起想要表达一种什么样的情绪，大概是个一闪而过的念头吧。

（2014 年 3 月 29 日）

栀子花开

案头的栀子花开了，那淡淡的颜色和气味，令我欣喜不已，虽只开了一朵，可是开在了我的心头。

记得五六年前，还在长沙上大学的我，有一次去上课途中，在学校旁的一个小院外看到了一丛灌木，长着翠绿的叶，开着白色的花，淡淡的花香，让我感觉非常舒服。问当地的同学，告诉我是栀子花，于是便把这三个字记在了心里。当时在那徘徊了一会，那个小院临着一道简陋的渠道，渠道深和宽都有两三米，没有砌筑砖石和混凝土，两边长满了草和竹子，以及一些灌木，还有一排云杉。小院里的房子不多，很低矮，围墙也甚简陋，就是一些简易的栅栏，近旁有些菜地边还有橘树，杂草茂盛，那棵栀子树就长在栅栏边上，光线不大好，树枝分了许多的杈，花开了一树。当时已闻惯了桂花的香味，总觉得香里透着甜和腻，突然闻到栀子花的香味，只有清香，没有甜腻，一下子舒服了许多。

自从见到那丛栀子花之后，就一直忘不了，而我本来就是喜欢花草的，当时已经养过一些竹子等，用大号的饮料瓶截掉上面一段，底下打几个眼来做花盆。很长一段时间，我寝室的桌子底下都有装在塑料袋里准备拿来养花的土。这次碰上如此心仪的，怎能放过？所以自那一次看见后就一直在惦记和琢磨。有一个下午，我一个人从寝室出来，又来到那个小院旁边，仔细看了那几丛栀子花，终于找到一枝，从几枝分杈不太粗的主干上发出，出土处离主干有一拃多长的距离，看样子应该有根，适宜盆栽，便悄悄动手，用一截树枝做工具，挖了好半天，终于挖出，装进事先准备的塑料袋里，又装了些土，带了回来，栽在一个早先备下的无主的铁饭缸里面，修叶，整枝，浇水，每天都要看好久。终于活了，翠绿的叶片，让我好不开心。

可惜时间太匆匆，暑假很快就到了，要回家，就将它托付给了同学黎钊照顾，暑假里还借别人的手机专门给他打过电话。返校之后，匆匆去看，叶子已经黄了，问黎钊，告知有时记起，有时忘记，而长沙的夏天，接近四十摄氏度的气温，它岂堪承受。后来我虽绞尽脑汁，而我的栀子花终于还是死了。想着再去挖一棵，最终还是没有去了。然后毕业，找工作，就业。

直到去年，看到有卖栀子花的，欣然买下，摆在案头，时时观赏，每天浇水、施肥、松土，前一段时间，出来了一个花苞一样的东西，我还以为是卷在一起的叶子，谁料慢慢长成花蕾，晚上居然就开了。看着小小的花朵，参差的花瓣，舒展的枝杈，翠绿的叶片，我满心欢喜。可惜花的香味却大异于当年，淡了许多，凑到跟前才能闻到，似乎也没有当年那么清雅，而是有了些其他不纯正的味道，仿佛是沾染了尘世的俗气，大概是出自温室施以化肥的缘故吧。

当年已经远去，同学们也各奔东西，每每想起，多有怅然，面对彼此的变化，我不知该如何说才好，不知道今天的我是否还留有当年的影子，是否也如案头的栀子花一样，少了清雅，而沾染了越来越多的俗气。

同样的栀子花开，可已是五六年之后了，花可依旧笑春风，可是人呢……

附：

栀子吟

之一　初遇

当年长沙小桥头，未睹先识暗香幽。
疏影横斜神采修，问知栀子傍稻沟。

之二　问缘

此花只宜林间开，何故蹉跎入尘来？
任尔风刀霜剑烈，一缕暗香守青白。

之三　品读

几茎疏枝长水边，片片嫩绿生其间。
从来不怕无人识，花自洁白香自远。

之四　重遇

当年一别各天涯，我自飘零卿黯华，
莫道世多无常事，高原路头遇香雅。

之五　绘写

浓墨淡彩写花枝，焦笔涂抹绘盆泥，
铅白赭绿细勾施，又见暗香生墨池。

之六　得赠

曾因当初耐烦劳，乃有初始赠花娇。
蕊白蕾肥枝密疏，邻家碧玉妆树高。

之七　养悟

修枝剪叶为花娇，谁道年华快如刀。
匆忙回望邯郸路，花谢花开一梦遥。

之八　伤凋

为教茁壮怕水浓，却因连旱少精神。
枝叶渐黄回无力，苦眉相对两失魂。

之九　祈生

劫后余生三两枝，新换砂盆重填泥。
偷闲每日为一睹，切盼旧干生新绿。

之十　回甘

十年唏嘘一花梦，物是人非失从容。
回首往昔道不得，似有老茶留喉唇。

（2014 年 5 月 22 日）

清早醒来的时候

昨天参加了一个聚会，喝了点酒，许多人都说了一些很煽情的话，我也说了一些，又想起了一些过往的旧事。突然发现我的酒风越来越不好了，喝上点酒就开始絮叨，没完没了地絮叨，说许多的话，许多的事。也许有些过往注定难以忘记，我毕竟是个心不太大、心事又颇重的人，骨子里有许多的不合时宜。我想我原本不是这样的。经常有人让我不要叹气，而自己也发现时不时地总在长吁短叹，不知道是因为什么，但是似乎已经形成习惯了。

因为酒量有限，本性又不喜欢，所以很少喝，但是有些场合还是愿意喝一点，喝完了就想絮絮叨叨，然后沉沉睡去，早上都会醒得很早，然后辗转反侧，再也睡不着。最近情绪状态越来越不好，总是很着急，当然外在的琐事太多也是原因之一，但主要的原因恐怕还是内心不够安静，缺少些定力吧。图书馆借来的两本书还放在案头枕边，半个月了，没有读多少。

大约这就是成长，每个阶段都有不同的精神诉求与所思所感，此刻的我似乎更喜欢安静，安静地坐在角落里，看看书，写点文字，机缘合适了就想写几个字，勾两笔兰草竹枝什么的，这点小调调可能与大多数人太不一样了，所以我注定只能活在自己的世界里。抬头又看见贴在墙上的“慎独”二字，站远点，朦胧看来还有些感觉，可是稍仔细些，就会发现笔意的粗疏，而且独固然是独了，慎了没有，自己却也说不来。有时候也会想象许多，但是正如赫拉克利特所言，“即使事情的发生和发展尽如人意，世界也不会变得更好些”。这句话是最近看到的，我很喜欢，如同喜欢阎真写在《曾在天涯》的封面上的那句“曾在天涯的日子里发生的那些事，没有人知道，对世界也不重要，只是自己是忘不了的”一样。许多东西原本是没有假设的，该是怎么样就是怎么样。这或许就是存在的真实，而人世间也或许就是因为此而充满生机活力，也充满悲欢离合与纠结无奈。

拉萨已经去过，感受到了那里的神奇，曾激起过许多感慨，或许还可以再去一次，慢慢地走，慢慢地看，如果有合适机缘的话。从洛阳回来已经快一个月了，龙门石窟和白马寺也已去过了，卢舍那大佛和石窟里的许多佛像以残缺不全展示于我的惨烈的慈悲，早已触动过心灵，却总是敷衍不出一篇好的文字来，沉淀沉淀再说吧，不好匆忙。下一步如有合适的机会，想去敦煌，看看莫高窟、鸣沙山、月牙泉等景点，我是听着收音机里播放的报告文学《敦煌之恋》长大的，常书鸿、段文杰、樊锦诗等人如同神人一般，早已深刻于我内心，诞生过这种人物的地方着实让我神往不已。当然，真正去了也许会失望，也许会为石窟的残损而内心不安、不快，会为浓重的商业气息而慨叹，但是毕竟那是从年少时起就特别向往的地方，一定要去的。我想，只要坦然面对如意与不如意、喜悦与失落，内心才会强大，才会平静。

就要到起床的时刻了，就写这些吧！

（2014 年 7 月 4 日）

雨　夜

这几天连天阴雨，似乎这个夏天就要过去了，该是写点东西了，不巧却看到了孔老师的，读得我无语凝噎，想留个言竟半天憋不出一个字了。

中午的时候突然想起了当年大学快毕业时的自荐信里用来显摆的那个“沙比恒河”的典故，于是翻腾了半天，找到了那份自荐信。那年的长沙一如往常的热，不像西宁，热不了几天就凉下来了，实在不像个夏天。那年的我当然比现在年轻许多，但是，似乎情绪状态也和当下差不多，虽说没有这么操切。那段时间大概是又看了许多杂书，如《金刚经》《坛经》之类的，而且读进去又出不来了，要不然断然不会有那样的自荐信。或许也看过许多其他的书，好像是对书里面的许多挽联很感兴趣，同样又出不来了，所以曾写下过几副自挽联，自嘲是为了怕身后寂寞。好像有一副里有这样的话：“寻梦湘水边，志在天地间，欲把万水千山都游遍……祝融峰下踪曾现，此日归去后，峨眉松下空，黄山已无人，长城脚下衰草横，斯人更何处；寄情文字中，意在笔墨阵，愿把万卷诗书都读烂……楷行早凌乱，诗词更飘零，砚台边上尘埃深，乃魂奈何桥。”那副对子比这个要长些，一直认真地收藏着，但是这段时间怎么找也找不见了，让我有如百爪挠心。一副本就残了的对子，如果再没有漂亮的书法写出，身后的寂寞其实是免不了的，而我又是那般挑剔，不管它了。那段时间的艺苑，香樟树和广玉兰遮天蔽日，一起上自习的建军同学总能拿一等奖学金，而我却总是只能“低空飞过”，偶尔也会挂科。

因为心绪的沉闷与郁结，星期天下午出去转了一圈。路过王府井的时候，看见了许多肢体不全和年老体弱的人，要么不停地趴在地上叩头，要么在一个破音响或吉他的烘托下很用力地唱歌，心中不禁一动，向他们掏出了我口袋里的零钱，因为我相信，即便他们是装出来骗人的，他们卖力的表演也值得我掏出那微不足道的几块钱。随后发出了一条微信朋友圈：“我只是众生中的一个，众生中还有无数个我。”因为我相信我的不快乐与许多人的不快乐并无分别，而且也许他们的不快乐甚我多倍，至少我还肢体健全。人类其实是因为聪明和知道了太多惨烈的真相，才使自己活得不快乐，所以对于许多事，我宁愿选择不知道太多，这就是我想要的不知情权。

最近读了余世存先生的《大民小国》，感受到了妙笔仁心下的一个可爱的民国，看到了正史中被打入另册的黎元洪、张作霖、唐绍仪等人难得的可爱一面，值得我写好几篇东西，可是却总也理不出头绪，形不成体系，内心又是郁结难受。

拿起手边的紫砂壶喝上两口白开水，台灯下还放着一把印有《兰亭序》的折扇，呵呵呵，我确实错乱得不轻啊，且随他去吧！

（2014 年 8 月 5 日）

梦里故乡

立秋过去好些日子了，已然是秋季了。从来都是伤春悲秋，这是个容易让人回忆和感伤的季节。曾经还沾沾自喜，因为在好多一同长大又在天涯漂泊的故乡同龄人们乡音日渐生疏时，我还能说一口地道的老家话。可是现在发现，我的乡音也越来越遥远了，经常打电话回去时，发现方言已不似普通话般顺畅了，转换开始有些生硬，遣词造句也少了许多家乡味，或许连做梦都是用所谓的普通话吧。我非常不喜欢，虽然我的家乡话真的不好听。

自从多年前的一些遭际之后，我早已如一叶天涯漂泊的无根浮萍了。于是一个人横冲直撞，一个人咬紧牙关，也许凄惶，也许风光，这只是在外人眼里。而在自己，早已疲惫不堪。也许是基于此吧，总是喜欢一个人躲进小楼，不管冬夏，或许也是时光比我还匆忙，许多个冬夏春秋在不知不觉中转换了。

老宅里的许多老果树已经枯死，早已被砍掉了，有伴我长大的沙果树、梨树、桃树和樱桃树，院子也早已用水泥砂浆硬化了，不像之前，一段时间不管，就杂草满院。可是我不喜欢，我更喜欢那尘土的气息，还有那古老的树木遮住太阳，叶片间透下斑驳的阳光。父辈兄弟三人，三座宅院，当初有十二三人，如今却都各奔东西，连一个看护的人都没有，在远离故乡的城市里，我们还能去哪儿寻找归宿？

今天早上起床洗漱时突然想起了这么一句话：不要抱怨错过了夕阳和晚霞，因为你还会错过日出的。最近老是这样，许多的文字，开了头，却结不了尾，无限憋闷！耳边是孟小冬的《珠帘寨》，一遍一遍地播放，因为今晚看了学京赛（中央电视台全国戏曲院校京剧学生电视大赛），有个选手唱的这个段子很有韵味，我听着很过瘾。又想起了电影《梅兰芳》里王学圻饰演的十三燕，那深邃、苍凉而悠远的声调。

（2014 年 8 月 19 日）

在路上

已经立秋了，今年的夏天就算是结束了。对我而言，一年里最美好的日子又过去了。听说下周一直都有雨，那么本来就不太热的西宁，还到哪里去找点夏天的影子，找点艳阳高照的热烈呢?

这段时间老是怀念一些以前的事，我觉得我还不老，虽然每每以此自嘲，但是毕竟心态已经变了许多。偶尔有些场景和文字也会令我有泪流满面的冲动，但总是宣泄不出，很不喜欢这种状态。去年的“十一”和吴迪去了趟拉萨，时不时地就想回过头看看当时的感悟，或者今年合适的时候可以再去一次，或者去些别的地方也可以。一年多以来，除了前几天去过一次黑泉水库，几乎没有下过一次乡，感觉很憋屈，很不适应。突然发现，我还是很喜欢到处跑跑看看，很喜欢在路上的感觉，虽然自从高中毕业之后一直在他乡漂泊，一直在路上。曾经想过去杭州看苏堤和白堤，去乌镇或者同里看看江南小镇；或者去嵊州、苏州听原汁原味的昆曲、评弹，赏一曲《游园惊梦》等，虽然不太能听懂；或者去北京、天津，听原汁原味的京剧，感受下国粹的魅力；或者去西安听秦腔，感受从黄土地深处渗透和挤压出的悠远和苍凉；或者去哪儿看看海，用心去体悟下海子面朝大海春暖花开的感觉。芥子园和许多的碑帖也都好久没有临了，那几块青田石还在抽屉里，却总是拿不起刀来。时时想着可以在哪儿晒一晒当初小楷抄写的《金刚经》和《大学》等。

今天吃了几个沙果，还是儿时的味道。我家曾有一棵非常粗大的沙果树，听老人们说是农业合作社解散时分给我家的，从社里的果园里挖来的，每年都会结许多的沙果，从它还绿着的时候就开始吃，一直到变红、变黄。我的童年就是在沙果和其他的一些简单的东西伴随下度过的，但岁月的刻痕永远地刻在了那棵老沙果树上，它慢慢地退化了，结果越来越少，而且总是没等成熟就掉落了，于是老树没能避免被砍去的命运，当时不曾感觉有什么不好，但是现在回忆起来，有些痛惜，一片树叶的凋落，或者一粒微尘的飘起，可以让人泪流满面，不是因为它们，而是因为触发了内心最柔弱的感情。

近来越来越喜欢絮叨，越来越喜欢怀念和回忆了，当初的年少轻狂早已远去，虽然有时候还是豪情万丈，但那只是一些转瞬间的感慨，有时候也还是死倔死倔的。作为书生，当然有家国天下的梦想和奢望，要不然我也绝对不会入公门，但是有时候却又在想，哪怕仕途得意，又能够走多远，能做出多少事，我不过是世间的一粒微尘，世间也还有许许多多这样的微尘，我的快乐和不快乐，许多人都在经历，一如这一粒粒的微尘般毫不起眼。今天早上突然想，如果我早出生几十年，我想跟着张大千先生去敦煌的石窟临摹壁画，或者陪弘一大师读经参禅，或者再早生几百年，我想陪着王阳明去龙场悟道，陪苏东坡去黄州种田……

这段时间特别想回家去看看，工作忙只是借口而已，只要愿意，总是能抽出时间的，但是颇有近乡情怯的感觉，竟然有些不敢去了。比我更絮叨的长兄时不时打来电话，问些近况，房子装修的进展情况等，让我多去现场看着，可是我总不太愿意去，觉得装修公司的项目经理很尽职，可以放心，亦不宜太干涉催促。近些年来，他给我打的电话比以前频繁多了，虽然他的有些絮叨我还是不喜欢，但是不太顶了，自从那座孤坟堆起之后，我至亲的人已经少之又少了，当然当初也不多。但是去了一个人，内心刻下了深深的印痕，永难忘记了，所以我现在的记性非常不好。最近几次回家，不时碰上二爷爷，爷爷的弟弟，当初他们兄弟关系并不好，所以我们只是见面后礼节性地打声招呼，但是这几次突然发现他和已经作古了的爷爷是那样像，简直如一个模子刻出，以前一点都没有发现。而且他见面打招呼时对我们兄弟亲近了许多，嘘寒问暖，也许这就是化不开的血缘亲情吧。当初为了让他们兄弟和好，我爸曾做过许多努力，当努力归于失败后，有一次酒后他竟然饮泣哽咽，让我心碎，现在想来还是不能释怀。

（2014 年 8 月 23 日）

也爱清流也爱花

若不是看到请单身水利人写一些关于事业与感情文字的约稿，我断然想不到“双十一”马上就要来临了。如同当年，若不是一条来参加面试的短信，我一定不会来这片从未来过的高原，若不是那次通过公务员考试，我也绝不会一直留在这儿直到七年以后的今天。其实人生的事有太多偶然，一如当初，我说不上是出于什么原因，就选择了水利专业，成为水利人中的一员。

水利工程向来高大笨重，水利人也多粗犷豪迈，可是，并不因为此，这群人就没有了细腻的感情和丰富的内心世界。河湖安澜与河清海晏当然是内心不舍的期待与梦萦，清流激扬里也流淌着对所生活着的土地与家乡的无限挚爱。在工作之余，这些人其实也爱红袖添香夜读书，也想执子之手共白头，也有着丰富多彩的喜怒哀乐。也正是这些喜怒哀乐，才使得以钢筋混凝土和块石土方为主要内容的水利建设融入了鲜活与生动，有了圆润的边缘和棱角，才使得水利事业充满了生活的灵动气息。

单身，与其说是一种生活状态，更多的时候是一种精神情绪。作为社会关系节点之一的每一个个体，我们都当然地要活在别人的眼中，接受别人的评头论足，尤其是亲人和师长朋友们的关切，总让人难以承受。也许会说工作繁忙，可是，认真去想想就会发现，这不过是个借口罢了。作为每一个不是生活在大观园里的现代人，谁都有自己的事，家事、公事以及其他事，关键在于自己怎么分配时间，怎么处理其间的关系。做好工作，为经济社会发展提供水利支撑，当然是我们的分内事。而同时，安排好自己的生活，过好每一天，也是绝不能忽略的生命本质内涵。要做一个有血有肉的人，就该既会工作，也会生活，不但有良好的智商，也具备良好的情商，而不是如同历史上的一些楷模人物一样，所有的生活只剩下工作，工作，再工作。

单身多年后突然发现，我似乎已经习惯了这样一种生活，淡淡地忧郁，幽幽地期待，安静的岁月。而且也不得不承认，生命中许多的人和事，所有遇到的都是自己想要遇到的，所有错过的也都是自己愿意错过的。有些人想一厢情愿地遇上，却总是遇不上，有些人，想执意地错过，于是就错过了。我们想要的其实很简单，可是实现起来却那么难，也许是如林的高楼疏远了人们之间的关系，发达的通信工具阻隔了内心的交流吧。而说到底其实还是因为内心的一份坚持与不妥协，坚定地在等那个最合适的人，如同千年以降的人类史以及水利史一样，当年的大禹不就是因为不断坚持，绝不认输，苦战十三个春秋，才取得了治水的成功吗？他当年导河积石处离我所在地并不远。孙叔敖、李冰父子们也是持之以恒地主持修建了润泽千百年的水利工程，灌溉沃野良田，绵延不息。

鲁迅先生说得好，我们从古以来，就有埋头苦干的人，有拼命硬干的人，有为民请命的人，有舍身求法的人，历史在很多的时候，就是由一些坚持的人来造就和书写的。事业与人生其实都有着相贯通的道理，与其圆滑，或者说所谓的机灵，我还是愿意多一些木讷，多一些死倔的坚持，坐得十年冷板凳，不写一回空文章，终会有一天，蓦然回首，那人定在灯火阑珊处，只需一抹浅浅的微笑，足以慰藉多年在人海中的等待与寻找。而一路走来，沿途碰上的风光景物，春夏秋冬也都有各自的韵味与神采，会让我们的内心变得更加强大，更加懂得珍惜与包容，更加珍视生活中随处可见的美好，甚好！

今年的第一场雪已经下过了，我相信，一定会有一场雪，下在该下的时候，那时的天空，一片晴朗，湛蓝而悠远，深邃又辽阔，映照着白茫茫的大地和清澈美丽的河流，无比灿烂，无比美好。

（2014 年 11 月 11 日）

431 的最后一夜

明天就要迁居，今晚就是我住在园树巷 4 号院 1 号楼 431 室的最后一夜。自 2009 年 2 月 27 日搬入，至 2014 年 11 月 14 日，共是 5 年 8 个半月，虽然我直到现在还不十分确定它是属于城西区还是城中区。这段时间里发生的许多事，自己是忘不了的。

首先该感谢房东大姐，当时给我定的房租是 480 元一月，直到现在，一直没有涨。水电暖齐全，沙发、茶几、床、衣柜、电灶、桌子一应俱全，53.55 平方米的使用面积，房租当时不算高，现在则是绝对低。

这段时间里我经历了最好的年华，二十五岁到三十岁，虽然当时不这么认为，可是我清楚地知道，人的一生只有一个二十五岁，一个二十七八岁。轻狂也罢，憋屈也罢，这都是我的青春年华，此生的唯一。

因为要迁居，还想到了当年在西山上居住的日子，小孙以及湟中的桂姑娘都和我共住一院，比邻而居，有时候会搭伙一起做饭吃，有一次吃火锅，我捞了一片未熟的宽粉竟嚼了半天。当然还有互助的小杨姑娘，后来也在那个院子里租房住了，有时候会和她聊会天，颇有感慨。

泰山松林

这段时间一直在构思一副对联，琢磨来琢磨去，想出了这么两句：十年辛苦，换得斗室避风雨；一朝入居，安就门楣慰天伦。下联的中间不够好，却又想不出更好的来，发到微信朋友圈请朋友们帮忙，可总是没有契合我情绪的。本来我准备把它写在红纸上贴出来，可是直到现在，还是没有买红纸，没有写出来。虽然当初父子、兄弟间曾每每为联语和书写喋喋不休，但是自2005年的春节之后，我就再也没有写过、贴过自己作词、自己书写的对联了。快十年了，该是改变一下这种状态了，可是我发现那个坎我还是迈不过去。想写几个字，勾点兰草竹枝梅兰菊，裱出来做下装饰，可是笔底功夫总是不太满意，而且还差一枚启首章、一枚压脚章、一枚名章，手头的甚不满意，刀下功夫也太不到位，又没有足够的激情和冲动，只得作罢。

王震的喜酒我已喝过两茬了，可是和北京的温姐说好的事，她还没给我兑现，让我不知道该怎么说好，当然我们都有各自的苦衷和原因。今天下午和她聊起了一些过往，我们其实都是可怜的孩子，只不过是在强装欢颜。

对于自己，我最近写过一个评语，就是书生气重，不合时宜。但是，我想，唯因我的不合时宜，才使我具备了生在天地间的价值。我有一句话，叫“坐得十年冷板凳，不写一回空文章”。但是总不敢写出来给人看，因为我怕做不到。

自从海泉兄说过我写的日志太长后，我努力往短了写，那就到此结篇吧。毕竟知我者无须言，不知我者又何须言。

（2014 年 11 月 14 日）

岁首寄语

随着一次次的日出日落，2014 年在匆匆间过去了，2015 年马上就要来到眼前。虽然这两个年份的更替只是一个夜晚的过去和一个凌晨的来临，但毕竟这一次的日落和另一次的日出被历法赋予了特别的意义，在我们的内心感受上也有了不同的体会。

也许该感激这样的更替，一个数字被另一个数字突然替换了，让我们在猝不及防间突然地警醒，让习惯了庸常生活的我们可以借此来检视一下自己的过往，看看过去的时光是怎样度过的，有多少被好好利用了，有多少被恣意浪费了，还有多少在无所事事中耗费了，以及多少在错事和不好的事情上枉费了；看看多少时间我们做了自己该做的事，多少时间帮助别人做了他们该做的事，多少时间做了我们喜欢做的事，多少时间做了我们不该做的事，还有多少时间，因为我们做了一些事，使得别人无法做事。然后，总结，积累，检讨，反思，甚好！

面对匆匆来临的2015 年，我们真的准备好了吗，我们到底该怎么度过呢？当然不去准备，它也一样会来临，而且我们过得不一定就会比现在差，但是大抵还是做一些准备的好，至少到这一个年份来临的时候，我们会少一些慌张与忙乱，少一些唏嘘与感慨，少一些失落与迷离。那么还是想一想，准备准备吧！

工作大约还是应该放在最前面要说的，因为这是我们得以安身立命的所在，不只是因为我们以此来获得薪水，用以养活自己和其他该要养活的人，还因为它是我们的事业，是我们用以实现自身价值最可宝贵的东西，五斗米哪儿都可以换来，但是我们还是有一些其他的希冀在，不是吗？身处一个工作环境的体系当中，许多事我还不能做主和掌控，但是毕竟有一些我是可以做主和掌控的，我希望在这些自己可以掌控的部分，尽我的一份努力，把这些做得更好。多做有意义的事，少做意义不大的事，争取不做无意义的事，这话很简单，也很直白，却并不容易，但是我想只要我把它放在心里一个重要的位置上，就一定会有所得的，《士兵突击》里的许三多不就是傻子一般坚守一句“做有意义的事”而令我们钦佩和感动了吗？

工作之外当然是生活了，只知道工作，无休止地把自己的生命和精力投入到工作中的人固然值得我们尊敬，但是在大部分的时候，对于大多数的人而言，把过多的精力投入工作中至少是低效率和情商不足的表现。好好生活最重要的一条就是要珍视身边的人，家人、亲人和师长朋友，当然也包括被距离阻隔而不能经常见面的人。朋友圈应该小一些，但是要精一些，我们无须和许多人都很熟，都是好朋友，当然这不是要刻意地去疏远一些人，但是我们应该清楚，朋友是有层次和距离的分别的，珍视志同道合的挚友，而对于点头之交我们当然也该投以微笑，去真诚相待。更多的则是常去看看、陪陪已经老去和即将要老去的亲人和师长们，耐心地听他们絮叨些我们也许并不十分愿意听的东西，因为我们和他们都等不及，失去了就永远地失去了，再也没办法挽回了。然后找机会去看看被距离阻隔却时时想起的亲朋好友们——随着不断的成长和老去，我们的琐事会越来越多，可以自由支配的时间会越来越少，一推，一年或几年就匆匆过去——多聊聊天，少看看风景。经常和同城的或者附近的亲朋好友们聚一聚，人不要多，场子不宜大，两三人不少，四五人已多。少点些菜，少喝点酒，多聊聊想聊的话题。当然在家最好，泡一壶茶，佐一碟花生米，在午后的阳台上聊两三个小时或一个下午，是再好不过的了。

2015 年里，我还想花更多的时间去阅读和思考，唯有阅读和思考，才可以让我们的知识不断增长，阅历更加丰富，体会越发深刻，内心更加柔软。纸质的书当然要读，但是不局限于此，无须刻意。读喜欢读的书，想愿意想的事，可以想得再深一点、再远一点，只要思想没有禁区，我们的收获也一定不会被限制。然后写一些东西，读书体会、心情随感等，宜精不宜滥，当然还要写一些学术类、理论类的东西。人不仅要感性，更应该深刻，如同明净的小池塘，清则清矣，但还是浅了些，如有可能的话，可以让它再深一些，当然即便深了，清还是要保持的，否则也是违了初衷的。2014 年里，我还喜欢上了看电影，觉得在两三个小时的时间里，把自己藏在黑暗中，脱离了庸俗而嘈杂的生活，让自己的内心得到些提升，也是件很好的事情。而且这也是和社会的主流思潮相联系的重要途径，通过它可以对最新的社会关注进行些思考与省悟，是个不错的选择，新的一年里，一定还会继续的。

2015 年里，我希望自己过得再简单一点，再纯粹一点，多一些随和，少一些倔强；多一些容忍，少一些怨愤；多一些关怀，少一些冷漠。我想，只要我们每一个人努力地为了明天的美好而做一些事，就一定会收获一个美好的明天，至少我们的内心已经变得阳光和温暖了，不是吗？

（2014 年 12 月）

放 风

这几日在家休假。今天下午，读书、写字、上网等。四点过半，颇有些无聊，见窗外阳光正好，便决定出门走走。

冬末春初，天气已逐渐暖和，沿着西山山脚的公路走，时不时有人、车经过，不多，颇空旷。无意间抬头，看见头顶一片明净，天空湛蓝深邃，欣喜不已，拍了几张照片，发出一条微信朋友圈：天好蓝，小伙伴们，都出来放放风吧。然后加了个咧嘴笑的表情，因为放风原本是专属于犯人的用语。

又接着走。突然发现，我们需要的何尝不是放风。虽说生活在城市里，生活设施确实发达，健身、娱乐场所应有尽有，每天的工作在办公室、写字楼里，习惯了电脑与书案，不停地在人流与车流间融汇、穿梭，可是何曾有几次自由惬意地仰望过头顶的这一方天空，以一种闲适、轻快的心情去享受过生活？在忙里偷闲中抽出点时间来看看蓝天白云，放松下心情，可不就是该放风吗？

蓝 天

与黄土有着同样颜色的我们，本出自乡村，来自土地，却向往城市。我们常常不敢或者不愿意提起自认为很土的过往与家乡。可是来到城市，工作，生活，融入了城市之后，却又不断地怀念乡村。或许可以这么说，城市里有我们的家，而乡村里则有我们的乡愁、我们的根。住在城里的时候，我们当然是有家的，可是我们丢失了自己的乡愁和根，于是迷惘、慌乱，四处找寻。一路行色匆匆，远不如放风。

发达的网络无孔不入，所有的信息瞬息传递，我们在这海量信息的洪流中生存，于是不由自主地把头埋入了电脑和手机，双眼紧盯着屏幕，耳朵里可能还塞着耳机。路上，车上，餐桌前、聚会时，都一个个紧盯着手机屏幕，于是未曾谋面的人或许比身边的家人朋友更了解我们，对熟悉的和不够熟悉的人，都在网络里或放肆或拘谨地交流着，常常有说不完的话，可是当面对面相见的时候，看着对方的脸，却似乎又无话可说，无比生疏。

放下吧，许多的事，有意义的或者无意义的；许多的人，重要的或者不重要的；许多的屏幕，手机的或者电脑的。走出家门，走出餐厅、酒吧、咖啡馆，走到乡村中、蓝天下吧，闻一闻土地的气味，嗅一嗅田野里是否还有点植物和动物的味道，和家人朋友走在乡间的道路上，说一说想说的话，听一听想听的事，然后出一身汗，沾一身土，逃离如林的高楼，逃离城市囚徒般的生活，真正地放一次风吧，不只给自己的身体，还有精神和心灵。

（2015 年 2 月 12 日）

这个新年

今年的新年比以往热闹得多。当然，规范的说法应该是春节，可是我还是那样喜欢说新年。因为是姥爷的生日，除夕晚上是个二十六人的聚餐，蛋糕的奶油把一干人等抹得乱七八糟、七零八落，欢声笑语不断，梁老太爷当然是任凭涂抹，难得绽出丝丝笑容来，他能从差点过去的状态里又活过来，也算是十分不易了。那几天虽然人不少，但还是没有年少时代没心没肺的开心和欢乐了，而突然间发现，父辈们是真的老了，因为开始絮叨了，还有，当年的小不点们都长成大小伙子、大姑娘了。当然过去的一年里发生的一些事情还是让我很高兴的，比如几个孩子的出生等。

前两天案头的栀子花终于开了。打花苞已经好久了，终于开了。花刚开的时候是洁白的，现在却有点黄了，可能过不了几天就要谢了，但毕竟是开了，还有一个花骨朵呢，过些天还会开的，当然得感谢赠花人了。今年以来买花买草买盆很多，花了不少钱，已经到了快要剁手的时候了，可是我觉得我是在干我喜欢干的事，花的是自己挣的钱，这就够了，而且每天忙里偷闲守着它们看半天，或者修修枝，或者剪剪叶，也是很惬意的一件事。或许我就该活出我自己想要的生活，矫情也罢，任性也罢，与人无干，只为自己，也没什么不好。

最近听到了一些故人的情感琐事，又经历了一些人情世故，颇有感慨，觉得活在这个世界上的每一个人都有他们的不易处，真善美是我们所向往和赞美的，而假恶丑则该被摈弃，可是真善美却不一定能够重合，当真的不一定善美、假的不一定恶丑、真善不一定美、假恶不一定丑的时候，我们会很茫然，不知所措，但还是应该更加宽容地去对待每一个人、每一件事，每一个用心活着的人都该被尊重和关爱，认真爱着的人也是。最近时间总是不够，因为想法很多，可是实践起来却还是不容易，也不知道每天在干什么，反正是时间过得飞快，感到许多不适，很不好。

窗外除了路灯，是黑魆魆的一片，天上有几颗星星，一轮月亮，清冷而明亮，夜渐渐深了，深到最深处，天就要亮了，不是吗?

（2015 年 2 月 28 日）

我想做个花农

今日周末，去逛早市，买回来两棵葡萄苗，小指般粗细，一尺多长，芽头毛茸茸的，枝干略有些发绿，似乎马上就要萌发了。于是去买了一个盆，将它们栽好。下午四五点的时候出去转一圈，从家后面的山上一直转到刘家寨农贸市场，又买了一个长方形的土砂盆，回来后把以前买的那株小地柏栽在里面的一角，然后又栽了几棵小叶罗汉松苗，放了一颗从老家带来的应该叫吸水石的石头。我本不太喜欢这株

小草青青

小地柏的，但是因为买的价格不便宜，所以虽没有及时换盆，但是一直在认真侍弄着，没想到今天栽起来居然很是漂亮，且有意境，甚高兴。

如果可能，我想做个花农。因为最近越来越喜欢花花草草了，也许是住上了自己房子的缘故吧。去年底至现在，我去了好多次花市，有一段时间甚至是每周都去，且必有收获，于是买来了绿萝、兰花、文竹、葡萄、四季竹、小叶罗汉松苗等。还曾专门去过二十里铺的花圃，买了一丛竹子和今天的这棵小地柏，那丛竹子是从苗圃老板大棚外刨来的，因为没人买，他栽到大棚外了。当时天还很冷，尚未消冻，老板找来了铁锹和镐头，铁锹一下只能挖一两厘米深，镐头刨一下也只是撬起一颗小土坷垃，我费了老大工夫，却还是进展平平，最终在老板父亲的帮助下刨出来。带回家，栽上，浇水，施肥，天天看变化。过完年后回家时还曾从大姑家挖来两棵樱桃树，老宅里挖了两棵丁香，在门口的早市上买了干枝梅等。

丁香盛开

如果可能，我想做个花农。因为现在的我，每天都会为了这些花草花费许多的时间，周末的时候甚至花上大半天。浇水，填土，剪枝，或者什么也不干，只是转过来转过去地看，就看着它们成长，内心感觉亦是很充实，很舒服。

最近几年经常在想，把老宅的那些房子都拆了，然后盖上两三间低矮的小屋，在院子里栽上三四棵高大的果树，种满花草蔬菜，每天盯着它们成长，该是件多么惬意的事。

又是一年杏花开

如果可能，我想做个花农。我希望那个时候，做个花农，我也可以很好地养活自己，可以不那么疲累，有尊严地生活，哪怕我只是个花农。那个时候，天是蓝的，云是白的，河水清澈，人与人都充满温情，淡淡地微笑，静对彼此以及每个路遇的陌生人，享现世安稳，看云淡风轻，品清茶滋味，听丝竹管弦，一把蒲扇，一册书卷，在葡萄架下的藤椅上慢慢老去，直到走向世界的那一边。

（2015 年 4 月 19 日）

秋天到了

今天是立秋，对于很多地方的人来说，秋天还远着，可是对于西宁，秋天真的就到了。前两天看到了一句“很快便是秋天了”，然后以此为题，写了四五百个汉字，但是最终还是没有发到空间里。我当然觉得秋天很快就要到了，可是没曾想这么快就到了，一阵忙乱惊慌。

秋草莽莽

一个夏天又过去了，对于时光的匆匆，我越发害怕了，可是它依然如故，肆无忌惮。这一年的春天里我干了什么事，这一年的夏天里我又干了什么事，乏善可陈，无从说起。书依然读得很少，但是读过的书是多的，很多都是看了开头，然后就没有然后了，它们不见得不好，只是我心境颇不安定罢了。今年的春夏之间，我经历了一个十年纪念日 ，原本是觉得可以写一篇直抒多年抑郁的文章的，可是最后还是没写出什么东西来，情感无从宣泄，郁结无从解开，木然浑噩。

今年以来，想干的事很多，却总是三分钟热情，虎头蛇尾。每天的时间总是不够，匆匆天亮，匆匆半天，匆匆日落，匆匆又是夜半。近来不断回忆过往，觉得事事皆非，活过的那些时光还不如没有活过。

今天的雨下得很大，可是我准备接点雨水浇花时竟已经停了，窗台上放了两只碗，却只接了几滴，还不如不接。最近花市去得不多，好些日子没有买花了，早前买来的那一堆，或死，或活，或半死不活，各安其状，我也无可奈何，且随它们吧。一棵葡萄苗在努力地发芽，从春天到秋天，还没有发出来，难道要到冬天吗，或者是明年，我不知道。

（2015 年 8 月 8 日）

我的窗外下雪了

早上醒来，起床之后，拉开窗帘往外一看，眼前竟是一片白絮堆积，不算厚，或者应该说是薄的，天色灰蒙，雪花还在飘飘洒洒中，扑簌簌地往地上落着，心中一动，冒出一句话：我的窗外下雪了。

今年的雪很少，天气异常干燥，所以许多人都在盼着下雪，想象着像以往那样，铺天盖地的雪花一下子让天地间的光线都暗下来，从天上嗖嗖嗖地不断冲到地面上，积起厚厚的一层。可是那些是记忆里的事了，现在只有这轻轻飘落的雪花，轻柔而安静地飘下来，轻轻地落到树上、房子上，或者停驻，或者又轻轻地滑落下来，落到地面上，松松散散的。

我是非常不善于写景状物的，亦似不善于谈天论道，却生就一颗玻璃心，所以几片雪花的落下是会说出许多感慨的，也算难为造物主了。可是即便如此，还是觉得该写下一点文字的，只是因为我愿意。当然还因为前两天刚看过作家迟子建写的《我的世界下雪了》。虽然我的文字多艰僻晦涩，甚至于佶屈聱牙，但还是相信，真实的心境是值得写下来的，对于世界和他人也许都不重要，但是对于自己是重要的。

匆匆年关将近，让人唏嘘，虽然也知道这唏嘘是无用和徒劳的。时不时还会写些东西，却总不令人满意，人道是人穷而文工，我的文字却还是这般滞涩。最近想法极多，爱好极泛，却不过是坐地日行八万里，信马由缰之后，无多少行动。

大约有太多的人是习惯于在夜深人静时写东西的，而我却总在天亮起床洗漱前后心生感触，常常无从记述，颇有些莫名其妙，亦无从解说。来西宁差两三个月就整整九年了，回想九年间的匆忙，只有一阵唏嘘。有时候也会想许多种可能，我如果不来此地，或者说来了几年之后就匆匆离开了，我的人生将会是怎么样的一种情状，也许依然是这般，不好不坏，乏善可陈。其实我明白，我更喜欢在路上的感觉，与西宁无关，仅此而已。

窗外的雪还在下着，我却不知道该说点什么，也许只是因为雪花的落下，让我想说点什么，抒发些情绪而已，至于是什么，不重要吧。

（2015 年 12 月 12 日）

如果云知道

今天凌晨的地震，我是在昏睡中度过的，早上醒来，扫了一眼微信朋友圈，都被门源地震刷屏了。对于自己的后知后觉有些尴尬，而同时也收到些关切问候，以我之不会经营与不经营人情，居然也有如此收成，似可大慰此心了。好在西宁、门源诸地都无大碍，亦可宽怀了。

全省水利工作会议今天终于开完了，为它忙碌了好多天，今天更是忙乱异常，好在稳当地开完了，总算了结了，无论好坏，都是安心的。其实这种会我觉得不是非开不可的，虽然有太多人觉得是必须要开的。晚上发现寒风甚烈，大寒刚过，也算恰逢其时。

前两天发了一条微信朋友圈："2016 年 1 月 18 日。"民族大学的王老师问："索南达杰的生日吗?"我尚未回答，因为以我之行止，似该为他的生日做个纪念的，惭愧的是，我却真的不知道他就是这天生的，发朋友圈只是因为这一天是我的阳历生日。虽然我近年来几乎是不过生日的，但是对于这些日子还是有感触的。

前几天仁泽兄喊我去喝酒，便去了，因为只有他一个人，虽然那家店的老板也是他的朋友。记得去年初的时候写过的东西里有这么几句话，“经常和同城的或者附近的亲朋好友们聚一聚，人不要多，场子不宜大，两三人不少，四五人已多。少点些菜，少喝点酒，多聊聊想聊的话题。当然在家最好，泡一壶茶，佐一碟花生米，在午后的阳台上聊两三个小时或一个下午，是再好不过的了”。与他对坐，小酌数杯，聊心曲与过往，唏嘘怅然。那天有个小姑娘来试唱，好像是个在读的大学生，瘦瘦小小，青涩几无表情，穿一件棉衣，似无腰身，唱了首《如果云知道》，我觉得唱得极好，当时我好像说过一句我要给她写歌，但是云不知道，似乎也没人记住，包括我在内。离开的时候，为感念老板的接待，想说句祝发财，却觉得似乎甚不合时宜，毕竟那儿是西餐厅兼酒吧的架势，想了半天，说了句“祝明天会更好”。

此前曾看过史铁生的小说《命如琴弦》，似乎触动了内心，虽然我觉得他的文字是有小瑕疵的，但是还是让我触动了。

这大约是我写过的最散的一篇东西了，无章法，无次序，无主题，但是有触动，以及其他的一些东西，我觉得是不坏的一篇，如此而已。

（2016 年 1 月 21 日）

又见雪茫茫

慢慢地，冬天就要过去了。慢慢地，春天就要到来了。就在这冬将去、春未来的时候，下了这么一场茫茫的大雪。不是在更早些的昨天，也不是在更迟些的明天，而是就在今天，就在此刻。纷纷扬扬的雪花从天上洋洋洒洒地飘落下来，铺天盖地，小小的雪花在互相碰撞中结成了大大的雪朵，一簇簇、一团团地飞舞着。我不知道是什么样的造化和际遇，让我可以看到这样的大雪，我盼望了许久，甚至是许多年，才等到这样的大雪降临。拍照是不足以酬答的，或许该欢呼，或许该畅饮，或许该高歌吧！

茫茫雪落下

这是一场酝酿了好久的大雪，此前的大雪本该下在这儿的，却总是绕过西宁这座城市，我曾几次归罪于祁连山的阻挡，但是终究高山挡不住，雪花纷纷飘落下了，不是吗？在这之前，雨已经下了三天了，虽然有时候也是以雪的形式，但是太零散，没有个雪的样子，然而在这青藏高原的一隅，向来干旱的地方，这雪也是珍贵的。所以我也没有因此而抱怨它给生活带来的诸多不便，身边的好多人也是，都在感谢上天的恩赐，感谢春雨贵如油的降临。

又起身看了下窗外，雪还在下着，虽然小了些。结满雾凇，或者说该叫雪松的树木还在风雪中昂然挺立着，如同白色的森林。房子上、栏杆上、车顶上积下的厚厚的雪在那儿停留着，拍照的人们也还在那儿兴高采烈着。

满树银花

其实下雪不见得有那么值得庆贺，而是人的心，渴望愿望实现、渴望让大雪拂去心里的尘埃与雾霾的急迫，才使得这雪附加了太多的意义。当然，还有夹杂于大雪降临中的寄托。

按天气预报的说法，今天晚上或者明天，这雪大约就该停了，很快就会迎来晴天的。雪后的晴天，一定是明净的，草木也该萌发新绿了，我们的心呢？

这会雪又下大了。

（2016 年 3 月 24 日）

你的好与你的坏无关

昨天晚上，看电视的时候，我和我妈聊天，说到我哥因家里的一些旧事还心怀芥蒂，我说他不必这样，这事早该过去。我是个口舌有失厚道的人，所以矜于说人，只是因为至亲，才敢放诞。谁料此话竟引来老太太的不快，说我哥对我多好，我不该说他。我说我知道他对我的好，但是这和我在说的却是不相干的两码事。当然这天就聊不下去了，只好看天气预报。

我家的人也许是因为太过刚硬，历代兄弟都颇多不和，一直延续到爷爷辈。其实说起那些事，都没太多大是大非的大矛盾，但是一旦失和之后就再难弥补了。当然很多人为此做过许多努力，却总是成效不大。因为这个缘故，我们家的人都无比羡慕姑父家的兄弟关系。他们一辈及他们的父辈都兄弟众多，耿直而好酒，所以七郎八虎，酒酣耳热之后，说话没轻没重，时不时就会言语激烈、怒目而视，肢体冲撞也偶有发生。可是吵过之后，没过几天，仍然叔是叔，侄是侄，哥是哥，弟是弟的，谁家要有事，一个个又都是尽心尽力，绝不偷懒耍滑。如此这般，代代传承。

我时常会关注些台湾等地的时政，对选举印象尤深。竞选的时候，一个个把对手批驳得糟糕虚伪至极，无德无才，体无完肤，可是一旦结果出来后，失败者马上会向胜选者祝贺，胜选者也会向对手致敬，当然这是出于政治礼节，却也不乏真诚，而能让人感到温暖。

有人说，“同时葆有全然相反的两种观念还能正常行事，是大智慧的标志”。中国古人的哲学里也有“爱而知其恶，憎而知其善”的思想。我们大部分人当然做不到这样，但还是可以向往的。如同我们虽然只在二楼，却还是可以趴着窗户去看看二楼半的景色和风光，当然这话是马未都说的。

有一个选择对比大概有不少人读过，说是有三个人，第一个跟一些不诚实的政客有往来，而且会星象占卜学，有婚外情，是个老烟枪，每天喝 8 到 10 杯的马丁尼。第二个过去有过 2 次被解雇的记录，睡觉睡到中午才起来，大学时吸鸦片，而且每天傍晚会喝一夸脱威士忌。第三个是一位受勋的军事家，素食主义者，不抽烟，只偶尔喝一点啤酒，从没有发生婚外情。也许早有人知道了他们是谁，确实，他们就是罗斯福、丘吉尔和希特勒，第二次世界大战最重要的三个人。我相信这些都是真实的，虽然他们的私德和公德之间有着这么大的差距。白居易的诗里也有“周公恐惧流言日，王莽谦恭未篡时”的对比。我亦相信，篡位前的王莽，在很长一段时间里确实是君子，也并没有篡逆之心的。

我们在人际交往中的不愉快，绝大多数是因为太在意别人的坏，而忽略他们的好，以及过于强调自己的善而忽视自己的恶。当然好坏善恶这几个字眼太过突兀，但是如果换成优点和缺点的话，绝大多数人应该会很坦然地接受。

在我老家，当一个人打听另一个人的情况过多过细时，对方常会说："干吗，你要和他做亲家吗?"突然发觉这其实是一句很有智慧的话，因为有太多的人，我们和他们不会发生太重大的关系，他们的好与坏，自然也与我们没有那么重大的关系，我们只是在适当的范围适当地交往就好。好比我们去吃饭，无须注意厨师身材的胖瘦高矮，我们坐车，也不用管开车人的年龄是大是小一样。我们不全不备，却总是求全责备，然后就徒生烦恼，闷闷不乐，可是那些八竿子打不着，或者八竿子刚打得着的人们却依然故我地生活着。而烦恼者们烦恼与否，他们却毫不在意，或者根本就不知道。

世间的许多事，都是有分寸和定数的，只有一盏茶的缘分，就别强求可以同吃一顿饭；只是三升米的缘法，也不要奢求共喝一场酒，要不然，不是唐突了别人，便是尴尬了自己。做好自己，把好分寸，该是什么就是什么，自得其宜，也挺好。

（2016 年 3 月 16 日）

那些永记心底的温暖（代后记）

我是一个甚不善于聊天，亦甚不善于讲故事的人，尤其讷于言谢，可是这本书眼看就要面市了，我该要写点东西了，虽然这于我而言是无比的难。

当年我那么突兀地只身来西宁，是因为吴云公一条来面试的短信。之前我对他几无了解，我家与青海也毫无关联，只是因为我给他发过简历，打过电话。我是个很不会说话的人，可是进公司大概八九个月以后，就直接在当时是公司老总的他的手下做项目了。若不是一个极偶然的机会，我这辈子可能永远都不会知道，一年半多以后我考了公务员要离开时，他竟放下了清高，谦恭地去为我做推介，而他本是一个极清高的人，哪怕到八年以后，他也未曾向我吐露过关于这事的只言片语。

我有三分哪怕是一分的优点和能力，牧野公总是给以十分的教诲和鼓励，让我学到和得到了太多的东西，也让我时时感慨于人性的善良与美好。除此之外，我实在不知道该说些什么。原本我觉得该用更多的篇幅来叙述得之于他的教益。当然有些东西我还是自以为是地认为不该在这儿说，一如我在此也没有写出他的本名一样。

还住在西宁市西大街12号的邓公让我明白了许多东西。跟着他工作过以后，我原本只有一扇木格纸糊小窗的世界，突然间开了一面玻璃明净的通间落地窗，然后才真切地体会到什么叫曾上高山，始知天地辽阔。每每回想起当年，我总觉得还欠着他几声“惭愧”，却总难道出。自那以后，我本该深切体会到人间的世情冷暖，可还是记住了太多的温暖，而非寒冷。

还有许多人给我的温暖依然是值得重墨渲染的，可是因为我所谓不附权势以及不泛言道谢来示好的自以为是，这段话也只好到此打止了。当然以此为借口，我也无法向在我人生经历中给过太多帮助，以及为此书出版而做过许多努力、费过许多心血的师友亲朋们表示感谢了。虽然他们中一部分人的名字会在这本书适当的位置上出现，但是还有很多却只有记在我心中，而不为读者所了解了。

三十二岁的时候出这么一本书，绝不算早，也不算太晚，当然比它更重要的是我想说的一些话希望能说出去，即便是白说空言。我固执地觉得，书生认真地鼓呼，在任何时候都不多余。对于书稿，我虽然改之又改，以求做到精益求精，但可能仍然是乏善可陈的，甚至还会有错误，需要师友读者们的谅解与批评指正。

对于买这本书、读这本书的我的衣食父母们，我对你们深怀感激之情。其间若有一丝一毫的所得，都是来自古往今来灿烂光辉的历史和文化的熏陶，以及古圣先贤、所遇诸公和师友亲朋们肩膀的顶举，而在我，只是觉得，无论我们生存于此的世界是怎么的美好与不美好，我们都该为此做些哪怕微不足道的努力和克制，按着人性和道德的约束与指引，宽容、善良地对待身旁的人和事，不找借口、不打折扣地做好自己该要做好的事，点滴累积，持之以恒，祈祷美好，等待它来临。仅此而已。祝好！

杞　囿

2016年6月10日